교실 밖에서 만나는 학교 이야기

담임선생님

윤 석 우 지음

저자 소개

윤석우

시인이고 소설가이며 문학박사인 윤석우 선생님은 문학을 사랑하고 예술을 사랑한다. 시와 소설 읽기를 좋아하고 대학로의 소극장들을 자주 찾아 다니며 가끔은 인사동에서 출발하는 미술관 순회버스를 타고 미술관 순례를 즐긴다. 20여 년간 학생들에게 시·소설과 글쓰기를 가르쳐 왔고 지금은 일산의 백석고등학교에서 국어를 가르치고 있다.

교실 밖에서 만나는 학교 이야기
담임선생님

2005년 1월 10일 1판 1쇄 인쇄
2005년 1월 15일 1판 1쇄 발행

지은이 윤 석 우
펴낸이 강 찬 석
펴낸곳 도서출판 나노미디어
주 소 120-866 서울시 서대문구 북아현3동 1-673호 2층
전 화 02)364-2791 팩 스 02)364-2787
등 록 제8-257호

ISBN 89-89292-19-0   03810

정가 9,000원

NANO MEDIA BOOK
CLASS

교실 밖에서 만나는 학교 이야기

담임 선생님

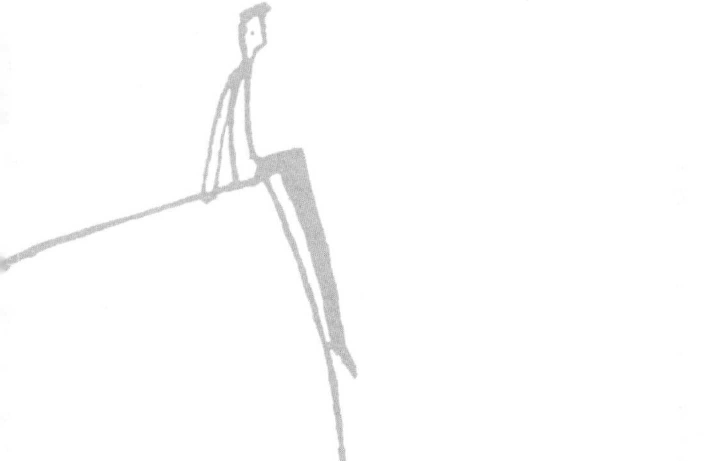

책머리에

바람이 일었다. 내부에서 발원한 바람은 근원을 알수 없었다. 그러나 늘상 바람이 일었다. 나는 무엇인가. 나는 무엇을 하고 사는가. 끊임없이 자문하는 바람이었다. 확정된 지표 없이 향방을 상실한 바람으로 한때 고통스러웠다. 바람을 잠재워 마음을 다잡는 일은 쉽지 않았다.

살고 싶었다. 아니, 살아 있어야 했다. 살아 있기 위해 순간순간 고통의 영자(影子)를 거역할 수 없었다. 그래서 암벽에 매달렸다. 천야만야한 천애(天涯)에 나를 놓았다. 그러면 그곳에 내가 살아 있었다. 뇌수가 명징해졌다. 명징해질수록 나는 자유로웠다. 더 자유롭고 싶었다.

글쓰기는 천형(天刑)이라 생각했다. 그랬음에도 어느

날 뒤돌아보니 나는 글쓰기에서 멀어져 있었다. 하루에도 수십 번 간헐적으로 솟구치는 글쓰기에 대한 기갈(飢渴). 그러나 오래도록 붓을 놔버린 나는 쉬이 글쓰기에 접근할 수 없었다. 그러던 어느날, C&I의 최윤석 실장님으로부터 책 발간 제의를 받았다.

학교 이야기. 사실, 자신 없었다. 그간 나는 학교 생활을 충실히 해오지 못했다. 이런저런 이유로 쫓기듯 지내 와서 담담히 학교 풍경을 그려낼 자료도 부족했고 용기도 없었다. 잠시 주춤하다 용기를 내었다. 해보자. 그러나 만용인 듯했다. 수필을 쓰듯 20여 년의 교직 생활을 간추려 보는 것도 의미 있을 거라 작심하고 호기롭게 달려들었는데도 그랬다. 예전에 써 두었던 몇 편의 글을 바탕으로 몇 달을 가슴앓이 하며 한

편한편 공을 들였다.

글은 철저히 개인적인 체험과 느낌을 중심으로 한
다. 그러므로 이야기는 과장이 있을 수도 있고 가감이
있을 수도 있다. 체험적인 학교풍경을 담고 싶었다. 그
러나 진행하는 동안 욕심이 들었는지 풍경에서 벗어
난 이야기가 끼어들었다. 과유불급(過猶不及)이라 했다.
글 속에 나의 잘못된 언술행위가 있다면 선·후배, 동
료 선생님들의 깊은 양해를 바란다. 글을 써 내려 가
면서 나의 역량부족을 절감했다. 결코 성공적인 교사
생활을 하지 못한 사람이 학교 이야기를 써보려 했다
는 것부터 언감생심이었다. 지금 이후라도 마음을 다
하는 '사람다운 교사'가 되어야겠다 생각했다.

바람은 지금도 가슴에서 맴돈다. 그 바람이 빠져나

가면 나는 존재의 의미를 상실하리라. 바람이 나를 휘갑치듯 몰아갈 때도 나는 두 눈 부릅뜨고 나를 응시할 것이다. 부끄러움이 더 이상 지탱할 수 없게 할지라도 담박하게 서 있을 것이다. 그 바람이 나를 존재하게 할테니, 나는 바람과 더불어 존재하게 될 것이다.

이 글들이 나를 나답게 하지 못할지라도 내 삶의 한 획을 긋는 일이라 생각하면 행복하다. 부족한 글을 모아 출간을 마다하지 않으신 C&I 최윤석 실장님과 도서출판 나노미디어 관계자분들께 감사드린다. 이도 삶의 기쁨이라면 신산한 삶을 살아오신 어머니와 우리 가족과 함께 하고 싶다.

2005년 새해에

차례

MARCH STORY

3월 이야기

학교는 주요업무를 맡을 선생님을 선정하고 각 학년 담임교사의 틀을 짜게 된다. 그 담임교사가 결정되면 각 학급의 담임교사는 학생 파악에 나선다.

3월 이야기 1
−개학, 그 신선하면서도 긴장된

국기 게양대에 해풍이 깃발처럼 걸려 있었다.
바다가 발에 밟혀 풍성한 학교
관자노리까지 차오르는 의욕을 끌어 당기며
3월의 교문을 들어서자
쑥대궁 같은 아이들 몸 비비며
동상보다 더 동상처럼 서서
봄 햇볕에 몸 뎁히고 있었다.

− 졸시, 〈우수영 연가〉의 일부

내가 처음 학교에 발을 들여 놓던 날의 풍경이다. 황
량한 버스 터미널, 바람이 훅 가슴으로 파고 들었다.
비릿내가 알싸하게 코끝을 스치고 지나가는 그 바닷
가, 바다가 보이는 그 학교의 허름한 교문을 들어서던

날의 풍경을 난 지금도 잊을 수 없다.

고개를 넘고, 산 같기도 하고 들 같기도 한 구릉지대를 지나서 닿은 곳이 그 바닷가 한적한 곳에 있는 학교였다. 교문에는 이순신 동상이 서 있었고 햇살이 좋은 그곳에서 아이들은 닥지닥지 붙어 깔깔거리며 웃고, 떠들고 있었다. 그 앞을 지나 교무실에 들어섰다. 톱밥난로가 지펴진 그곳에서 어설프게 인사를 나누고 다음 날부터 톱밥난로 당번이 되다시피했다.

온몸으로 파고들던 긴장감. 교실에 들어서면 어떤 일이 발생할지도 모르겠다는 설렘. 새로운 사람과 환경과의 만남으로 인한 경직된 마음은 팽팽한 활시위 같았다. 그러면서도 가벼운 흥분이 온몸을 휩싸 안았다.

그날의 그 쌀쌀하고도 단단한 느낌의 분위기, 3월의 찬바람에 섞인 봄기운은 완고한 듯 싶으면서도 마음속에 또다른 훈김을 불어 넣었다. 3월은 그렇게 긴장과 설렘으로 다가온다.

새 판 짜기!

　모든 조직이 그렇듯, 학교도 새 학년이 되면 새로운 교사들이 전근 오고 기존에 있던 교사들도 새 학년, 새 업무를 맡게 되어 마음가짐을 새롭게 갖는다. 긴장미가 흐른다. 새로운 '판'은 조직의 완결구도를 염두에 두기에 용이한 관계형성이 되지 못한 경우도 있다. 다소의 조정과정이 필요할 것이고 그렇다 보니 팽팽한 기운은 한 달을 훌쩍 넘기고 만다. 그러나 학교는 어렵지 않게 구도를 갖추고 개학 일부터 신속히 업무가 진행된다.

　학기 초, 학교의 모든 구조에 변화가 생기면 학생과 학부모 또한 그 변화에 적극 대응해야 한다. 학부모님은 학생의 담임교사에 어떤 분이 선정되었는지가 초미의 관심사일 터다. 당연지사다. 내 아이의 일 년을 맡겨 지도 받게 될 선생님이기 때문이다. 모든 것은 순리에 따르면 된다. 절대 편견을 가질 이유가 없다. 교사는 모두 한 마음이다. 그러므로 학생을 대하는 자세는 헌신 그 자체이다. 다만, 내 아이의 학습력 신장과 정서교육에 어떤 생각을 가진 분인지 적극적이면서도 긍정적인 사고가 필요하다. 담임 교사의 교육 철학을 파악하고 정서적 교감이 자연스러울 수 있는 방법에는 어떤 것이 있는 지 유념해 둘 필요가 있다. 그런 교감이 이루어지면 담임교사와 학생 간의 교감이 잘 이루어져서 일 년이 즐겁고 유익할 것이기 때문이다. 그래서 학부모의 교사와 학교에 대한 시각이 새로워져야 한다.

우선, 학교는 주요업무를 맡을 선생님을 선정하고 각 학년 담임교사의 틀을 짜게 된다. 그 담임교사가 결정되면 각 학급의 담임교사는 학생 파악에 나선다. 그리고 그 정보가 되는 자료를 학생과 학부모께 요구한다. 이 때, 학부모님은 담임교사가 요구하는 사항을 꼼꼼히 챙겨야 한다. 담임교사는 적게는 30여 명, 많게는 45명이 넘는 학생들을 대하면서 많은 자료를 챙기게 되므로 학부모님이 그날그날 꼼꼼하게 점검해 주지 않으면 그것을 수합하여 통계 내는데 어려움이 발생할 것이기 때문이다. 학부모님의 자잘한 관심이 담임교사의 잡무를 줄이고 교재연구에 집중할 수 있도록 협조하는 것이다.

특히, 신입생은 신상 명세를 비롯하여 각종 조사 항

목에 제대로 기록하지 않고 대충 기록하게 되면 담임 교사가 자녀를 왜곡하여 기억할 수 있다. 그런 우려를 낳지 않기 위해서라도 솔직하고도 진솔하게 기록해주셔야 한다.

한 번은 그런 일이 있었다. 학생이 부모 직업을 기록하는 칸에 '회사원'이라고 기록해 두었다. 그래서 면담을 하는 와중에 '아버님께서 어느 회사에 근무하시냐'고 물었다. 그랬더니 학생이 제대로 답변하지 않고 얼버무리는 것이었다. 잠시 말을 않고 기다리고 있으니 학생이 스스로 대답했다. '아버지께서 명퇴하셨는데……' 사실, 학부모님은 알리고 싶지 않은 부분이었겠으나 담임교사가 그 사실을 인지하고 있으면 학생을 이해하기 빠르다

게다가 여러 가지로 참고 자료가 된다. 요즘 학부모님이나 학생들은 절대로 자신을 교사에게 알리려 들지 않는다. 그것이 긍정적이든 부정적이든 드러내는 것을 꺼려한다. 그렇지만 어떤 경우든 담임교사가 사실을 알고 있으면 아이를 지도하는데 어려움이 없어진다.

물론, 학생의 말투, 차림새, 행동거지로 대부분을 짐

작할 수는 있지만 정확한 정보는 되지 않기 때문이다. 사실, 학생을 지도하는데 무엇보다 중요한 것은 '가정방문'일 터다. 그러나 '가정방문'은 여러 문제를 안고 있어 실행에 옮길 수 없으니 어려움이 있다. 그러나 그에 못지 않는 방법이 학부모님의 자상한 안내이다. 가정환경, 학생의 습성, 학습 방법 등. 그런 학생의 환경과 학생 습관을 제대로 알면 그만큼 학생에게 적재적소에 대응할 수 있는 교사의 언행은 자유로울 수 있다. 교실에서든 복도에서든 마주칠 때 마다 등을 다독이거나 가볍게 던지는 말 한 마디도 쉬이 하지 않겠기 때문이다.

3월의 학교는 긴장 속에서 일 년의 틀을 짜는 첫 발자국을 떼어놓는다. 그만큼 진중하면서도 엄격하고 그러면서도 자유로운 힘을 갖는 출발을 하는 셈이다.

3월 이야기 2

−적극적인 참여, 그 민주적인 아름다움

인문계 고등학교 3학년을 지도하다 보면 혼란스럽기 그지없다. 교재 연구도 연구지만 학생들과의 상담도 만만찮고 학급 관리는 더할 나위 없기 때문이다. 그러다 보니 교실 환경이 늘 문제다. 청소가 되지 않아 어지럽혀져 있기 마련이니. 게다가 요즘 학생들은 꼼꼼히 관리하지 않으면 청소는 도외시하기 일쑤다.

어느 날부터인가부터 출근하면 빗자루를 들고 교실 청소를 하기 시작했다. 학생들보다 일찍 출근하여 교실 창문을 열고 칠판 밑부터 쓸어 내고 걸레로 교실을 닦고 나면 기분은 더할 나위 없이 상쾌했다. 그렇게 청소를 시작한 지 얼마나 지나서였을까. 한 학생이 나와 거의 비슷한 시각에 등교하여 청소를 거드는 것이었다. '백짓장도 맞들면 가볍다' 고 시간이 반으로 단축되는 느낌이 들었던 것은 물론이고 마음조차 가벼워졌다. 그 학생도 잠깐이지만 청소를 하고 나서 책상에 앉아 책을 펴는 모습이 더할 나위 없이 편해 보였다. 그렇게 얼마나 시간이 지난 후에 또 다른 학생이 이 청소에 참여하였다. 그 학생은 칠판을 깨끗이 닦고 분필을 정리하는 일을 맡아주었다. 그렇게 수능을 앞둔 며칠 전까지 그 두 학생과 함께 교실을 청소하고 즐거운 마음으로 하루를 시작할 수 있어 참 좋았다. 아주 작은 일일지라도 누군가와 함께 하는 일은 매우 즐겁고 신나는 일임에 틀림없다.

청소하는 시간은 그리 길지 않다. 길어봐야 20여분이기 때문이다. 더 오래 청소를 하게 되면 학생 등교시간과 맞물려서 청소를 할 수도 없게 된다. 그래서 그 이전에 끝내야 했기 때문에 서둘렀고 두 학생의 참여로 쉽게 마무리 지을 수 있었다. 지금 생각해 봐도 흐뭇하기 그지 없는 일이다.

새 학년이 되면 담임교사는 해야 할 일이 많다. 새집으로 이사하면 할 일이 많아지듯이. 신발장에 번호순서대로 이름을 만들어 붙이는 것에서부터 사물함에 이름표를 만들어 붙이고 좌석표를 만들고 교실 환경 정리까지 해야 할 일은 끝이 없다.

전에는 담임교사가 학생들에게 일을 시키기도 하고 함께 하기도 하는 모습이 자연스러웠으나 최근 들어 그런 모습은 찾아보기 어렵다. 학생들도 담임교사로 부터 심부름을 하면 그 대가를 바란다. 그만큼 요즘 학생들은 담임교사의 얘기를 순순하게 수용하는 경우 가 흔치 않다. 이렇게 학생들에게 시키는 일은 학생들 도 익숙하지 않을뿐더러 그런 분위기를 교사라고 모 를 리 없기 때문이다. 그래서 이리빼고 저리빼는 학생 들이 많아지게 되고 교사의 업무 또한 많아지게 된다. 물론, 학교에 따라서 교사에 따라서 그 하는 정도는 다르겠지만 대체적으로 그렇다는 말씀이다.

학생들을 지도하다 보면 그렇지 않은 경우도 있다. 그런 학생을 보면 얼마나 마음이 훈훈하고 기쁜지 이 루 형언할 수 없다.

학부모 입장에서는 내 자녀가 집에서 귀하게 키운 만큼 귀하게 대접받기를 바랄 듯하다. 그렇지만 가장 아름다운 모습은 봉사하는 삶이고 함께 하는 공동체 의식이 발현되는 시점이라는 것을 잊지 않으셨으면 한다. 그런 의미에서 생각해 본다면 자녀들이 학급 일에 적극 참여할 수 있도록 격려의 말씀을 아끼지 않아야 한다. 그리고 집에서도 그렇게 시켜야 한다. 자기 방 청소는 물론이고 계단청소, 베란다 청소도 하게 해서 어떤 일이든 적극적인 태도로 참여할 수 있는 학생이 되게 해 주셨으면 좋겠다. 학교 교육은 절대로 가정 교육을 넘어설 수 없다. 가정에서 습관화되지 않은 행동은 학교에서도 하지 않으려 하기 때문이다. 가정에서 어른을 공경하고 남을 배려하는 교육을 받은 학생은 학교에서도 교사의 훈시와 교육을 고스란히 수용하는 자세를 갖는다. 간혹, 학생 중에는 시키지 않은 일을 선선히 하는 경우도 있다.

지금 내가 맡고 있는 학급에는 어떤 직책도 맡지 않은 학생이 교실 문단속을 도맡아 하고 있다. 하는 일이 든든하고 더할 나위 없이 믿음직스러운데 누가 시켜서 한 일이 아니다. 학기 초에 담임교사인 내가 시킨 일도 아니었고 학생들의 요구에 의해 떠밀려 하는 일은 더더군다나 아니었다. 어느 순간에 보니 그 학생이 그 일을 책임지고 하고 있는 것이었다. 그러다 보니 어떤 긴급한 사안이 발생하면 그 학생을 부르게 된다. 편애가 아니다. 솔선하는 학생의 모습이 교사의 뇌리에 각인되어 그 학생을 찾게 하는 것이다. 교사의 학생에 대한 신뢰는 학생의 행동과 사유방식에서 비롯한다.

그렇게 함께 할 수 있고 함께 어울릴 줄 아는 학생의 미래가 밝아 보이는 것은 당연한 이치가 아닌가 싶다. 그런 학생에게 고마운 마음이 생기는 것이고 그런 마음은 보이지 않게 흐르게 마련이고 그런 결과, 교사는 학생에게 긍정적인 의식을 갖게 되어 맑고 밝은 학급이 될 것이다.

적극적으로 참여하는 마음이 무엇보다 아름다운 것은 비단 학교뿐만 아니라 사회에서도 마찬가지일 터다.

APRIL STORY

4월 이야기

학교 방문은 늘 가볍게 생각해도 좋다.
학교는 늘 열려 있기 때문이다.
특히, 담임 교사와의 상담 방문은 더욱 열려 있다.

4월 이야기 1

–몰입하라. 그러면 행복하다

　소설가 박경리 선생님의 강연을 들은 적이 있다. 선생님께서는 『토지』 1부를 완성시키고 다시 훑어 보면서 '진정으로 이 소설을 내가 썼는가' 자문하셨다 한다.

　영화 <벤허>로 유명한 윌리암 와일러(William Wyler) 감독은 그 시사회장에서 '오! 주여! 제가 진정으로 이 작품을 만들었단 말씀입니까?' 하고 남긴 일화는 유명하다.

　파올로 코엘료(Paulo Coelho)는 헤밍웨이에 바친 『연금술사』를 쓰고 나서 자신이 이 소설을 쓴 것이 아니라 누군가의 손에 의해 쓰여진 것 같다는 회상을 남겼다.

몰입한다 !

어떤 일에 나를 온전히 투사하는 일. 즉, 올 인(all in) 하는 일은 쉬운 일이 아니다. 그러나 어떤 일도 그렇게 하지 않고서는 성사되지 않는다. 그렇게 자신을 투사하는 일은 현상과 사실을 입체화 시키는 것을 말한다. 미세한 입자마져 도드라지게 만드는 일. 그렇게 학습한 내용이 머릿속에서 정확한 의미를 가지고 가름되는 일은 쉽지 않다. 즉, 입체화 시키는 것이 순탄치만은 않다는 얘기다.

그러나 어떤 일에 몰입하여 그 모든 것을 확연히 기억하는 것은 현상을 즐기는 일이다. 재미난다. 그래서 공부조차도 즐거운 마음으로 할 수 있다. '재미'를 느끼면 어떤 일이든 신나는 일이기 때문이다. 그래서 입체화 하기는 학습에서 중요한 요건이 된다.

입체화 하기는 구조화와 체계화, 또는 객관화를 이르는 말이다. 이를테면 소설가들이 글을 쓰다가 필요한 풍경이 있으면 그 장소에 찾아가 면밀히 관찰하고 오는 경우와 다를 바 없다.

내가 아는 소설가 한 분은 기차역 대합실 풍경을 묘

사하고 싶으면 훌쩍 기차역으로 가신다. 가서는 한 시간쯤 대합실 벤치에 앉아 인간 군상들의 움직임을 주시하고 오신다. 그러면 평소 봐왔던 일상 속의 대합실과는 다른, 사람들의 동선과 그 속에서 발생한 사건들과 수많은 가십거리들을 만나게 된다는 것이다. 일상에서 데면데면하게 수용하던 현상과 물상들이 가감없이 담담하게 수용되고 그 면면에 의미를 부여하기란 쉽지 않다. 그런데 객관적 위치에서 현상을 바라보고, 그 속에서 인간들의 허위의식과 진실을 발견하고 수용하기 시작하면 우주가 내 안으로 들어온다. 바로 몰입을 통해 가능한 일이다.

몰입하지 않으면 절대로 구조화, 체계화 되지 않는다. 몰입 속에서 잡동사니로 흩어져 있던 것들이 가름되고 갈무리되어 선명성을 띠는 것이다. 신문을 사는 중년과 그 너머 공중전화 부스에서 전화기를 붙들고 열변을 토하는 젊은이와 이어폰을 끼고 몸을 흔들어 대는 10대들의 모습과 굽은 허리에 보따리 든 촌로(村老)의 모습. 기차역 대합실에서 볼 수 있는 풍경들이 나름대로 구도를 갖추고 제 역할을 다하고 있다는 사실을 확인하는 것 그것이 몰입이다. 모든 것들이 분산

되어 있지만 객관적 위치에서 끈기있게 관찰하면 환하게 보여진다. 그 보여지는 것. 그것이 몰입이다. 즉, 학습에서 집중력은 무엇보다 중요하다.

어릴 적, 어머니는 저녁이 되면 모시를 삼으셨다. 가끔은 삼베를 삼기도 하셨지만 삼베보다는 모시가 더 섬세한 손길이 요구되었다. 가을이 깊어서 밤이 길어지면 어머니의 모시 짜기는 더 박차를 가했다. 툭, 창밖의 홍시 떨어지는 소리가 호랑이 울음소리보다 더 크게 들리는 밤, 어머니는 당신의 신경을 온전히 모시 삼기에 투자하셨다. 그 미세한 모시올들이 가지런히 함지박에 담기고 너무 아름다워서 차마 손대지 못할 정도로 현란하게 빛나는 밤이면 사면은 적막, 그것이었다.

그 어머니의 몰입은 한 우주를 담고 있다는 생각이다. 가끔 어머니께서는 그러셨다. 헛생각 하고 길쌈을 하면 금세 티 난다. 올이 굵어지고 성글어진다는 말이야. 그래서 정신을 모아야 윤기 흐르고 담박한 모양새를 지닌 모시가 생산된다 하셨다. 그렇게 온전하게 정신을 투사하지 않으면 어떤 것도 양질의 결과를 생성해내지 못한다.

책상에 종일 앉아 있는데도 성적이 좋지 않은 학생이 있다면 그 학생은 몰입하지 못한 경우이다. 생각이 분산되어 있고 관심이 다른 곳에 닿아 있다는 말이다. 그러므로 몰입하기 위해서는 자신을 먼저 알아야 한다. 학습하는 중 어떤 과목을 공부할 때 가장 집중이 잘 되는지. 그것만 안다면 그 다음은 크게 염려할 바 아니다. 집중되지 않을 때 그 공부를 하면서 마음을 다잡으면 되는 거니까.

일반적으로 집중하는 데는 수학이 최고다. 그것도 어려운 문제를 집중 공략하는 것은 집중에 큰 도움을 받는다. 수학을 정복하면 나머지는 어렵지 않게 공부할 수 있다.

기초 과정에 해당하는 문제보다는 '오답 노트'를 만들어 놓았다면 그것을 활용하라. '오답 노트'는 자신의 장단을 분명히 알 수 있는 증거이다. 그러므로 그 문제들을 집중해서 풀어간다면 어렵지 않게 모든 것을 해결할 수 있다.

모든 것은 시작에 있다. 첫 단추를 잘 끼우면 나머지 단추는 쉽게 자리를 잡는다.

4월 이야기 2

–학부형의 학교 방문

『논어(論語)』의 '학이(學而)' 편에 "유붕자원방래 불역낙호(有朋自遠方來 不亦樂乎)"라 하였다. 그러나 학부형에게 학교 방문은 그리 달갑지 않은 행사일 수 있다.

4월은 느티에 세작만한 잎이 돋고 바람 끝이 무디어지는 때다. 그래서 학생의 긴장이 적당히 풀리고 교사의 마음도 여유를 찾는다. 그러나 학부모는 이제부터 신경을 곤두 세워야 한다. 왜냐하면 3월 한 달의 긴장이 적당히 풀리면서 일 년의 흐름을 파악할 수 있는 시기이기 때문이다.

이 시기가 되면 교사는 학생들의 신상을 파악한 후라서 상담을 시작한다. 팽팽한 활시위 같아서 동료끼

리도 농담 한 마디 쉬이 섞지 못하던 3월보다는 한 달의 기간이 새 방식에 익숙해지고 새 사람에 익숙해져 있어 대화가 자연스럽다. 학생과도 허물이 없어지고 수업 분위기도 익숙해져 소통에 자연스러움이 묻어나는 시기이다.

이 즈음, 학부모는 한 번쯤, 담임 교사를 만나 상담하는 것이 좋다. 학생의 장단(長短)과 특장(特長)을 교감할 필요가 있는 것이다. 최적의 학습 환경을 조성하는 것은 교사와 학부모, 학생의 적절한 조화이다. 학부모는 가정에서 본 학생의 행동특성을 교사에게 전달하고, 교사는 학교에서 드러나는 학생의 수업 태도 등을 교류하여 학생을 지도한다면 더 이상 바랄 바 없다.

그러나 학부모에게 학교 방문은 늘 골칫거리다. 그냥 가자니 민망하고 들고 가자니 어색하다.

학교를 편히 생각해야 한다. 학교를 방문할 때 학부모는 부담을 느낄 필요가 없다. 학생의 장래를 위한 상담에 다른 요인이 끼어들 여지가 없지 않은가.

잠깐, 여기에서 꼭 기억해야 할 일은 담임 교사의 성명과 학생의 학년 반은 제대로 익혀 가야 한다. 자녀의 학급을 기억하지 못해 복도에서 멈칫거리는 학부모를 간혹 본다. 또, 담임교사의 성명을 기억하지 못해 고개를 갸웃거리는 학부모를 보기도 한다. 그러나 그도 크게 문제되지 않는다. 개의치 말고 방문해도 좋다. 학교는 내 자녀가 학습하고 있는 학습의 장이지 않는가.

몇 년 전, 학부모 한 분이 학교를 방문한 적이 있었다. 학생이 밤잠을 이루지 못하고 공부를 지나치게 한다는 얘기였다. 집에서 지나치게 공부를 해서 학교 생활은 어떤지 궁금했다는 것이었다. 물론, 그 학생은 맑고 밝은 성정에다 성적도 좋았기에 담임교사인 나는 드릴 말씀이 없었다. 그러나 그 학부모는 걱정이 태산이었다. 나와 상담 후, 학부모님은 안심하시고 귀가하셨다. 학부모님이 가시고 난 다음, 그 분께서 가져오신 음료를 동료와 나눠 마시는 편안함이 마음을 여유롭게 했다.

학교과 교사는 학부모께 바라는 게 없다. 그러니 언제나 부담없이 학교를 찾아 와도 문제 되지 않는다.

학부모께서는 학교를 방문할 때 분명히 해야 할 몇 가지가 있다.

우선, 상담 목적이 뚜렷해야 한다. 물론, '내 아이의 학교 생활은 어떤지', '성적은 어느 정도인지' 정도로 압축될 것이지만 그보다는 학생의 어떤 점에 문제성이 있으니 선생님의 조언을 구한다는 등의 생각을 허심탄회하게 털어 놓을 필요가 있다. 그것은 학생의 미래와 직접적인 상관관계를 갖기 때문이다. 담임교사와 학부모, 그리고 학생이 삼위일체가 되면 학생은 비약적으로 발전하게 되어 있다.

자녀의 취미와 특기 정도를, 부모의 자녀에 대한 기대치와 과부족을 소상하게 드러내주시면 담임교사가 학생을 지도하는데 어려움을 겪지 않게 된다. 다양한 정보는 교사로 하여금 한 마디의 말이라도 가볍게 하지 않게 될 것이다.

특히, 자녀가 집중적으로 관심을 갖고 있는 분야나 중학교 시절에 관심을 가졌던 것이 무엇인지를 알게 되면 교사의 학생 지도에 많은 도움이 된다. 이런 정보는 담임교사와 학생간의 원활한 교감을 유도하여 양질의 학습 효과를 유도하기 때문이다.

그리고 학부모 상담에서 빠져서는 안 될 부분이 가정사정이다. 최근, 명퇴 등으로 가정경제가 급변하는데도 자존심 때문에, 내 아이가 그런 이유로 혹시 따돌림 당할까 봐 전전긍긍하시는 학부모를 보기도 했지만 그러실 필요 없다. 교육부로부터 또는 각종 기업체로부터 다양한 장학금이 수여되고 있는데 그런 체면 때문에 이중고를 겪어서야 되겠는가.

몇 해 전, 내가 맡고 있는 반에서도 그런 경우가 있었다. 학생 신상명세에는 전혀 부족함이 없다 생각했는데 학기 초, 학부모로부터 긴 편지를 받았다. 집안 사정이 이러저러 하니 혹 기회가 있다면 학비면제를 받을 수 있겠느냐는 내용이었다. 학생은 전혀 내색하지 않은, 아주 평범한 학생이었다. 어머니의 편지를 받고서야 바로 학비감면 대상자에 포함시킬 수 있었다.

학교 방문은 늘 가볍게 생각해도 좋다. 학교는 늘 열려 있기 때문이다. 특히, 담임 교사와의 상담 방문은 더욱 열려 있다. 언제라도 면담을 신청하고 의논해도 좋다. 용기를 내어 학교를 방문하시면 내 아이에게 좋은 일이 생긴다.

4월 이야기 3

−학교, 그 안에 우주가 있다.

그 풍경은 아무나 보지 못했다. 유채화 소품 같은……. 2층 서쪽 창가에 서야만 그 단아한 풍경을 볼 수 있었다. 그러나 그 풍경을 본 사람은 그리 흔치 않다. 발견하지 않으면 볼 수 없는 풍경이었기 때문이다.

교사(校舍) 현관에서 운동장으로 나가는 길목에 연못이 있었다. 작아서, 너무 작아서 손바닥으로 가려질 정도였지만 그 미미한 연못이 학생을, 그리고 학교를 매우 풍요롭게 했다. 연못에는 늘 눈부신 햇살이 나른하게 물결을 탔다. 정오가 되면 더욱 현란했다. 중천에서 작열하듯 쏟아지는 그것은 눈이 부시다 못해 시렸다. 작다고 하여 담지 못하는 것은 없었다. 그 연못에는 많은 것이 담겨 있었다.

4월이 되면 그 연못에 학생들의 희망이 담겼다. 연못 주위에 선 수양버들에 새순이 돋고 바람이 불 때면 아이들은 기쁨을 감추지 못했다. 동백꽃이 필 때는 더했다. 연못가에 우뚝 선, 고목이 된 동백나무는 3월 중순부터 4월까지 그 꽃망울을 터트렸다. 수업을 하다 시선을 밖으로 던지면 통으로 떨어진 붉은 꽃들이 눈을 가득 메웠다. 그것들은 연못의 수면을, 오리떼처럼 바람에 휩쓸리며 희망의 언어를 쏟아냈다. 그 동백이 피어 연못을 메우고 있는 동안, 학생들은 더불어 희망을 품었다.

맑은 광경이었다. 해맑은 광경이었다. 그런데 이 풍경을 더 투명하게 투사하는 것은 곁에 서 있는 백엽상이었다. 직사각형의 녹색 잔디에 흰 백엽상이 빼어난 자태로 서 있었다. 지금도 남아 있는 지 모르겠지만 중등학교 교정에 남아 있는 백엽상은 특별했다. 그런데 4월이 되면 백엽상 주변에 노란 수선이 피었다. 봄바람이 잘 익어서 땅을 깨울 때 쯤, 수선은 빼어난 자태를 뽐내며 백엽상 주위를 휘감아 돌았다. 군더더기 없이 곧게 뻗어 선비의 자태를 뽐내는, 맑은 수선은 봄날을 단아하게 직조해냈다. 백엽상은 인위적 조형

물임에도 연못과 동백과 버드나무와 수선의, 주위 경관과 전혀 어긋나지 않고 조화와 균형감으로 녹아들었다.

녹아든다는 건 중요하다. 4월이 되면 학생들은 이렇게 녹아든다. 3월의 긴장이 봄바람을 타고 해빙되었을 때 오는 적당한 여유. 잔설의 냉기와 훈훈한 봄바람이 적당히 버무려지면서 조성되는 최적의 학습 조건은 학생들의 학습 의욕에 주마가편이다. 밝은 햇살과 맑은 바람으로 살찐 4월은 모든 것을 수용하고 하나가 되게 하는 계절임에 틀림없다. 그래서 학생들은 교실에서, 학교 도서실에서 삼매경에 빠진다.

학교를 최대한 활용하라!

기호학과 해체주의, 환상적 사실주의, 후기구조주의, 포스트모더니즘의 선구자로 20세기 지성사를 이해하는 키워드를 쥐고 있는 호르헤 루이스 보르헤스(Jorge Luis Borges)는 도서관에서 한 우주를 발견하고 도서관을 벗어나지 않았다. 그는 평생 도서관에서 책을 읽다

실명(失明)했다.

교실은 좋은 학습 장소다. 학교에 도서관이 있다면 도서관은 최적의 학습 장소다. 그곳을 이용하라. 학생은 절대 학교를 벗어나면 시간을 최적화 시키지 못한다. 누수의 시간들이 많아진다. 그러므로 학교 안에서 중·석식을 해결하고, 운동장에서 적당한 운동을 하며 피곤한 심신을 풀고, 나무가 무성하고 벤치가 있는 교정을 산책하면서 학습에 필요한 최상의 조건을 만들어야 한다.

학교가 좋은 것은 쫀쫀한 학습플랜을 가진 친구로부터 얻을 수 있는 정보나, 언제나 찾아가서 상의할 수 있는 경험 많은 교사, 그들로부터 얻는 학습내용은 여타 장소에서 쉽게 획득되는 것이 아니다. 오랜 기간 축적된 효과적 학습 내용과 방법은 효율적인 학습에 조력하는 바 크다. 그러므로 학교를 벗어나는 것은 많은 것을 잃는 것과 다르지 않다.

방과 후면 학교를 벗어나는 학생이 있었다. 고등학교 3학년이 되면서 심적 갈등이 있었는지 방과 후 일정을 소화해내지 못하고 학교를 벗어나고 싶어했다. 상담을 해보았으나 변화는 거의 없었다. 매일 학교를 벗어났고 진득하게 교실에 앉아 있질 못했다. 이유는 그때마다 각양각색이었지만 학원과 독서실에서 공부하겠다는 것이었다. 그 학생의 입시 결과는 그리 좋지 못했다.

그러나 학교 도서관을 이용한 대부분의 학생들은 좋은 결과를 얻을 수 있었다. 도서관은 감독 교사가 시간 관리를 하고 정해진 시간 자리를 뜨지 않는다. 그러므로 학생들의 학습 효과는 배가(倍加)될 수밖에 없다. 게다가 긴장미도 있다. 경쟁자가 곁에서 한치의 흐트러짐 없이 공부하고 있다면 나도 헛눈을 팔 수 없는 것이다.

학생은 학교에서 자신을 완성한다. 자그마한 연못과 붉은 동백꽃과 흰 백엽상, 그리고 노란 수선이 한데 어울어지면서 한 폭의 풍경을 완성하듯이 학생은 교실에서, 운동장에서, 도서실에서 자신을 완성해야 한다.

학교의 주인은 학생이다. 교사는 그 학생이 향기를 제대로 발하도록 기운을 북돋우는 일이 전부다. 학생은 학교의 시설과 교사의 역량을 자양분 삼아 성장한다. 그것이 자신을 완성하는 지름길이다. 그러므로 학교를 벗어나지 않을 일이다.

MAY STORY

5월 이야기

손을 뻗으면 닿을 듯한 하늘, 그 푸른 하늘과 둥실
떠 있는 구름 위를 날을 것만 같은 5월, 그 싱그런 날에
맞이하는 '스승의 날'은 교사나 학부모님이나 학생이
나 모두 편하고 아름다운 마음을 기려야만 된다.

5월 이야기 1

−스승의 날

해마다 스승의 날이 되면 전화를 받는다. 초임지에서 2년을 함께 했던 아이들이, 그 날짜가 되면 전화를 한다. 지금은 삼십대 중반이 넘은 그들의 음성을 듣고 있노라면 마음은 그 시절로 회귀한다. 연어가 거친 대양에서조차 모천(母川)을 그리워하는, 그 심경이 되어 쉬이 설명되지 않는 그날의 모습들이 주마등처럼 스친다. 마음은 참 흐뭇하고 안온하다.

그냥, 전화를 하는 것으로도 그들의 심정이 어떤 것인지 가늠할 수 있다. 굳이 북적대는 행사를 만들지 않아도, 요란하게 화환을 보낸다거나 전보를 보내지 않아도 그들의 깊은 마음을 짐작할 수 있다. 수 년이 지나도 그윽한 마음으로 수줍은 듯 전화 한 통 할 수 있는 날, 스승의 날은 그렇게 마음 속에 살아 있는 날이었으면 싶다. 해송이 백사장 가에 누워 여유로운 해풍을 즐기고 그 위로 쏟아지는 햇살이 적당히 버무려져 훈훈했던 소풍 날, 손잡고 입 모아 노래 불렀던 날을 기억하고, 강강술래를 배우기 위해서 어머니가 입던 긴 한복 치맛단 잡고 땀이 돋도록 뛰었던 운동장을 기억하는 그런 날이었으면 싶다.

그러나 스승의 날은 지금껏 그러하지 못했다.

지난 해 스승의 날에 난 학생들로부터 불만을 사고 말았다. 교실에서 자율학습을 하도록 했기 때문이다. '담임 교사와의 시간'으로 주어진 시간이 그렇게 지루하게 느껴진 적도 없었다. 다른 반에서는 풍선을 불어 칠판에 달고 "스승의 은혜" 노래를 불어댈 때, 우리 반 아이들은 교실에서 자율학습을 하게 했다. 그 형언할 수 없는 와중에 한 학생으로부터 불만스런 항의를 받았지 뭔가.

"선생님, 이게 뭐예요."

그 아이의 볼멘 소리도 이해할 수 있다. 한편으로 생각해 보면, '그래, 이런 행사도 추억거리일 수 있을 텐데……' 하는 아쉬움도 있었지만 아직도 내 생각에는 변함이 없다. '스승의 날'이란 현재의 선생님에 대해 감사하는 날이 아니라 지금까지 나를 있게 한, 그러니까 지금의 나를 만들어 놓은 '과거의 스승'에 대해 감사하는 마음을 갖는 날이라는 데 말이다.

그러므로 일선에서 근무하고 있는 교사들은 '스승의 날'이라기보다 '교사의 날'이라고 해서 하루나마 쉴 수 있게 해준다면 오히려 감사하겠다는 생각을 갖고 있는지도 모르겠다. 그러나 스승의 날은 어른들에게는 분명 필요한 날임에 틀림없다. 세상을 살아가면서 학창시절을 추억하는 원천이 '스승'이기 때문이다. 그러므로 이보다 더 소중한 날은 없을 것이다.

나는 그날, 그 불만을 털어놓은 학생에게 이렇게 얘기했다. "내년 스승의 날에는 너희와 즐겁게 함께 하마." 그러나 나는 올해 스승의 날에도 개인적인 사정 때문에 그 학생들과 함께 하지 못하고 말았다. 약속을 지키지 못한 셈이 되고 만 것이다. 그러나 해마다 '스승의 날'은 돌아온다.

스승의 날에 선물을 사오는 학생이 있으면 '후일에, 아주 오랜 후일에 나로부터 뭔가를 배웠다'는 생각이

들 때, 그때 선물을 사와도 늦지 않다고 말해주곤 했다. 마음이 담기지 않은 선물은 크게 의미를 갖지 못하기 때문이다. 정작 학생들은 마음을 담아 내는 일에는 익숙하지 않다. 그래서 그간 나는 '스승의 날'이 되면 학생들에게 무엇보다 먼저 '편지'를 쓰게했다.

'선생님께 감사하고 싶은 생각이 있다면 마음을 담아 편지를 써라.'

학생들이 밤을 새워서 정성스레 써온 편지를 읽는 기쁨은 어떤 선물보다 값진 것이겠기 때문이다. 요즘 학생들은 그렇게 마음을 드러내서 편지를 쓰는 일보다는 금전으로 해결하는 것이 더 쉽다 생각하는 경향이 있는 듯도 하다.

나는 지금도 찾아 뵙는 선생님이 있다. 그 선생님은 선물을 사오면 나무라신다. 소주 한 병이면 족하다고 늘 말씀하시는 분이다. 그래서 나는 그 선생님을 뵈러 가는 날이면 술 한 병을 사가서는 선생님과 함께 주고 받다 돌아온다. 나는 아직도 교사로서 부족한 데가 많다. 나만이 아닐 것이다. 대부분의 교사들은 자신이 부족하다고 생각한다. 그래서 나는 학생들에게 떳떳하지 못하다. 다만 이 부족한 교사로부터 배운 것이 있다고 생각하고 그 함량미달의 교사를 은사로 생각하고 가슴에 새겨 삶의 지표로 삼는 제자가 있다면 그보다 큰 기쁨은 없으리라.

교사들은 바라는 게 없다. 다만 소박하게 교사를 기억해주고 함께 하는 마음으로 대해 준다면 무엇보다 기쁠 터다.

얼마 전 일이다. 우리 반 아이가 어머니가 가져다 드리라고 했다면서 부침개를 가져왔다. 참 행복했다. 조촐하지만 가족과 함께 먹을 음식을 만들면서 담임교사를 생각해 주었다는 것이 무엇보다 감사했다. 교사를 그렇게 스스럼없이 편하게 대하고 따뜻한 마음을 드러내는 학부모님이 있는 한 교사와 학부모 사이에 불미스러운 일은 발생하지 않을 것이라 생각한다.

'스승의 날'에 학부모님은 학생들을 그냥 학교에 보내야 한다. 학생들 편에 선물을 사서 보내는 일은 없어야 한다는 말씀이다. 그것은 무엇보다 교사를 불편하게 하는 요인이 된다. 학생이 자유롭고 교사가 편안한 마음으로 학교 생활을 할 수 있게 하려면 학부모의 의식 전환이 필요하다.

손을 뻗으면 닿을 듯한 하늘, 그 푸른 하늘과 둥실

떠 있는 구름 위를 날을 것만 같은 5월, 그 싱그런 날에 맞이하는 '스승의 날'은 교사나 학부모님이나 학생이나 모두 편하고 아름다운 마음을 기려야만 된다. 맑고 밝아야 하는 날 서로 부담스러운 일이 발생하면 안 되겠다는 생각을 해 본다.

5월 이야기 2
– 숙명같은 시험

중간고사는 5월 하순쯤 계획되어 있다. 학교에 따라서는 6월 초에 시행하는 경우가 있지만 대부분은 5월 하순쯤에 고사를 치른다. 대개 고사 시간표는 3주 전에 발표되는 것이 통례다. 이도 물론, 학교마다 약간의 차이는 있다. 그러면 이 때부터 학부모님은 아이에게 시험시간표를 확인하고 책상 앞에 날짜별 시간표를 크게 써서 붙여 두어야 한다. 그렇지 않으면 시험기간에 당황할 수 있기 때문이다. 준비성이 있고 신중한 학생이라면 부모님이 챙기시기 전에 벌써 시간표를 만들어 붙여 놓고 학습 계획표까지 짜놓을 것이다. 그러나 대부분의 학생들이 그렇게 용의주도하지 못하다.

그러므로 학부모님의 도움이 필요하다. 3주의 시간이 주어지면 일단 학습 계획표를 작성해야 한다. 학습 계획표는 학생의 학습 능력 향상을 배가시키는데 가장 우선하여 해주어햐 할 일이다.

먼저, 각 교과마다 시험범위를 확인하여야 한다. 시험범위는 교과담당교사가 알려주지 않아도 대충 짐작할 수는 있으니 발표가 있을 때까지는 미리 준비해야 한다. 그리고 시험범위가 확정되어 알려지면 범위 내에서 어떤 부분이 중요하고 수업 중 어떤 요소를 강조하였는지 공책에 기록해 가는 것이 많은 도움을 받을 수 있다.

두 번째, 주간 계획을 세워야 한다. 어떤 일이 있어도 시험보기 일 주일 전까지는 전 교과 시험범위를 한 번쯤 숙독해야 한다. 그 범위에 의한 시험 계획이 서야 시간을 허투루 보내지 않게 된다. 그날그날 학습량을 점검하고 그 중 부족한 부분은 시험 전날 다시 확인하는 과정을 거쳐야 실수하지 않는다.

그러기 위해서는 메모장을 만들어 중요한 사항을 놓치지 말아야 한다. 이때, 꼭 점검해야 할 사항은 교과담당교사가 수업 중 강조했던 사항을 간과하지 않도록 챙겨야 한다. 더불어 수업시간에 시행했던 '형성평가' 문제를 유심히 살펴 두는 것도 중요한 일 중 하나이다. 그것은 그와 유사한 유형의 문제가 출제 가능성을 갖고 있기 때문에 잘 살펴두어야 하는 것은 자명한 이치이다.

마치막으로, 시험보기 일 주일 전부터는 교과서를 천천히 읽어야 한다. 시험 범위에 해당하는 부분을 적어도 10여 번 읽어 내려가면 전체를 아우르는 눈이 생기기 때문이다. 그런 다음 예상문제를 만들어 보고, 만들어진 예상문제를 풀어보면 시험준비는 완벽에 가깝게 된다. 이 때에도 중요한 것은 메모장을 곁에 두고 메모장에 기록된 내용 중에 중요 사항이 빠지지는 않았는지 점검하는 일이다.

요즘의 시험문항출제의 경향은 수능에 맞춰져 있다. 수능 유형과 유사하게 통합적 사고를 묻는 문제가 많이 출제된다는 사실이다. 그러니 꼭 교과 내용에만 국한 되지 않는다. 다시 말하자면 출제문항의 지문이 교과 이외에서 출제되는 경우가 있다는 말이다. 그러나 이런 경우, 학생들이 충분히 납득할 수 있는 예문을 가져오게 되어 있다. 그러므로 크게 게의치 않아도 되지만 평소 연관된 단원을 생각해 보고 적용될 수 있는 가능성을 열어 놓고 공부할 수 있도록 유도해야 한다.

학교에서 보는 정기고사는 관심을 갖고 꼼꼼히 챙기면 어렵지 않게 준비할 수 있다. 내신 성적은 수시 전형으로 대학진학을 원할 때는 절대적이다. 그러므로 결코 소홀히 할 수 없다. 내신 성적을 소홀히 관리해서 대학 진학 시 불이익을 당하지 않도록 성적 관리를 철저히 해야 한다. 내신 성적이 10%(서울대학교 성적 산출 기준)를 벗어나면 흔히 얘기하는 좋은 대학에 원서 제출하기가 어렵다. 그러므로 정기고사를 치밀하게 준비해야 하는 것은 당연한 일이다.

각 대학마다 내신 적용 비율이 다르긴 하다. 그렇지만 대체적으로 3학년 1학기에 치르는 수시 1차에서는 1학년:2학년 성적 비율이 4 : 6이다. 3학년 성적은 포함되지 않는다. 그러나 3학년 2학기에 치르는 수시 2차에서는 1학년:2학년:3학년 1학기 성적 비율이 2:3:5로 바뀐다. 이도 각 대학마다 약간의 차이가 있다. 어떤 대학에서는 그 비율이 2:4:4인 경우가 있다. 어떤 학년의 성적이 중요하고 중요하지 않은 경우가 없겠으나 3학년 2학기에 실시되는 2차 수시를 생각한다면 3학년 1학기 성적 또한 아주 중요하다는 사실이다. 그러므로 절대로 포기하면 안 된다.

물론, 1학년 때부터 철저히 관리해 온 학생에 비하면 불리하겠지만 3학년 1학기 성적이 확고하게 좋아진다면 가능성이 있기 때문이다. 그러나 3학년이 되면 모든 학생이 긴장감을 갖고 열심히 공부하기 때문에 쉽게 상위 성적을 얻기 힘들다. 그러므로 1학년 때부터 꾸준히 자기 관리를 해야 하고 그렇게 해야만 좋은 성적을 얻을 수 있게 된다.

정기고사 일정표가 발표되면 학생과 학부모님은 철저히 대비하여 아쉬움을 남기지 않을 일이다. 학부모님은 무엇보다 학생이 공부할 수 있도록 공부방 분위기를 조성해 주고 따뜻한 관심으로 학생을 격려해야 한다. 그 격려에 힘입어 학생이 의욕적으로 공부할 수 있을 테니 말이다. 부모는 자녀의 좋은 성적으로 개인적 어려움을 잊고 살 수 있다. 그만큼 자녀의 좋은 성적은 가족을 행복하게 하는 요인이 된다. 그렇다면 절대로 시간과 경제적 투자를 아끼지 마라. 헌신적 투자가 좋은 결과를 유도한다. 세상에 쉬운 일은 어디에도 없다.

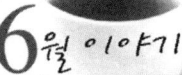

JUNE STORY

6월 이야기

학생회장 선거는 학생들의 꿈의 표현이다.
그러므로 한 번쯤 학생회장에 출마해서 자신의 생각을
피력하는 것은 아름다운 추억이 될 것이다.

6월 이야기 1
–신중해도 부족한 과정 선택

"선생님, 문과 중국어 · 세계사에서 일본어 · 세계사로 바꾸면 안 돼요?"

오늘도 현진이가 고개를 움츠리며 기어들어가는 소리로 겨우 입을 연다.

"그러니까 처음부터 생각을 잘 해야 한다고 했는데……."

특별히 해 줄 말이 없어 우선 신중하지 못했음을 나무란다.

물론, 고등학교에 입학한 지 몇 개월 지나지 않은 학생들은 자신의 적성이 어느 방향인지 확신이 서있지 않다. 학부모님 또한 자녀의 성정과 미래에 대한 비전,

현재의 성적간의 연관관계를 따지고 봐도 자녀의 적성이 어느 쪽인지 확신이 서지 않는다. 교사도 마찬가지다. 이제 학생을 파악한지 서너 달밖에 되지 않아 학생의 진로를 확신하여 지도하기 쉽지 않다. 또, 자신의 적성이 확실하다고 느꼈을지라도 세월이 흐르면서 그 선택에 의문의 여지가 들지 않는 것도 아니다. 그래서 과정 선택은 무엇보다 중요하다. 일생의 밑그림을 그리는 결정이므로. 그럼에도 학생이나 학부모 누구도 선택의 중심에 서지 못하고 변방에 머물러 있는 경우가 허다하다.

과정 선택은 학생이나 학부모 모두 신중해야 한다.

우선 가족회의를 열어 학생의 의사를 듣고 의견을 교환하여야 한다. 진정으로 학생이 어떤 취향을 가지고 있고 어떤 분야에 관심을 갖고 있는지, 또 중학교 때의 담임교사와의 상담이나 각종 검사 결과를 통해 그간 파악하고 있던 자료를 통합하여 점검할 필요가 있다. 그와 더불어 확인해야 할 사항이 학생의 희망과 성적이다. 어떤 꿈이라 할지라도 성적과 동떨어진 희망은 의미를 상실하기 때문이다. 학생이 적정한 수준에서 꿈을 꾸고 있는지 그것이 몽상에 그치지 않을 것인지, 그 실현 가능성을 가늠해야 한다.

그 후, 담임교사와 상담해야 한다. 대부분의 학부모님은 학생의 의사가 우선한다는 생각에 모든 선택을 학생에게 일임해 버리는 듯하나 그건 아주 위험한 발상일 수 있다. 물론, 확고한 의지와 적성, 본인의 현재 성적이 맞아 떨어진 경우라면 문제 삼을 이유가 없다. 허나 그렇지 못한 경우가 태반이므로 신중하게 고민하고 학생의 장래를 위해 상담이 필요하다고 생각한다.

과정 선택이 한 번 결정되었으면 가능한 한 움직이지 않아야 한다. 학생은 자신이 결정한 과정에 대해 확신을 갖지 못하는 경우가 많다. 그래서 한 번 결정하고도 우왕좌왕하는 경우가 있다. 특히, 친한 친구가 선택한 과정에 무조건적으로 동의하여 동행하는 경우가 발생하는데 이는 경계대상 제1호이다. 과정 선택은 대학진학과도 밀접해서 절대 허투루 생각해서는 안 된다. 6차 교육과정과 달라 7차 교육과정의 학습을 하고 있는 재학생들은 인문과정과 자연과정의 선택교과 과정이 전혀 다르다 해도 지나치지 않다. 그래서 아차 싶어 나중에 과정을 바꾸려 하면 난감한 경우가 발생한다.

　나도 고등학교 1학년 시절, 과정선택을 하는데 많은 갈등을 겪어야 했다. 인문과정을 선택했어야 했는데 자연과정을 선택하고 말았다. 거기에는 도저히 믿기지 않은, 지금으로서는 도저히 믿을 수 없는, 두 가지 이유가 있다. 하나는 교과서 대금이었다. 몇 푼 되지 않은 교과서 대금을 아끼기 위해 나는 인생을 좌우할 과정 선택을 소홀히 했다. 이유인즉, 바로 위의 형이 자연과정을 선택하여 상급학년에 다니고 있었기에 어려운 가정환경을 생각하면 조금이나마 보탬이 되어야 한다 생각했다. 그리고 당시에는 인문과정과 자연과정의 교과내용에 큰 차이가 나지 않았다. 다만 인문과정은 사회교과를 조금 깊이 있게, 자연과정은 과학교과를 조금더 심도 있게 다룰 뿐이었다. 그럼에도 대학진학 시 많은 애를 먹었음은 두말하면 잔소리다.

　또 한 가지는 친구 때문이었다. 아주 절친한 두 친구가 자연과정을 선택한다고 해서, 그들과 헤어지고 싶은 생각이 없었다. 나는 의심 없이 자연과정을 선택했었다.

　다시 인문과정으로 돌아오는데 많은 시간을 허비해

야 했다. 지금 생각하면 어리석기 그지없는 결정이었다. 이러한 과정을 결정하는데 한 때는 고등학교 1학년 시절의 담임선생님을 원망하기도 했다. 인문 취향이 확실한 나에게 한 번쯤 '왜 자연과정을 선택했는지' 물어주지 않은 서운함 때문이었다. 그러나 지금 생각해 보면 그 많은 학생들과 일일이 상담하여 과정 선택의 잘잘못을 따지기에는 어려움이 있었을 것으로 생각된다. 모든 것은 나에게 있다. 신중하고 또 신중해도 부족한 결정이다.

이 과정 선택에서 무엇보다 중요한 것은 '나' 다. 지피지기면 백전백승이라 하지 않았던가. 학생 자신이 스스로를 잘 관찰해야 한다. 누구보다 나는 내가 더 잘 알고 있으므로 누구를 탓할 일도 아니다. 자신을 객관적으로 응시하고 진정으로 내가 하고 싶은 것이 무엇인지, 그 가능성은 어느 정도인지를 가늠하여 신중히 선택한다면 후회하지 않을 것이다.

7차 교육과정이 적용된 후 학생의 학습 내용도 전문화 되고 있다. 그러므로 한 번 잘못된 과정을 원하는 과정으로 다시 옮기는 데에는 많은 문제가 발생한다. 그 점 유의하여 신중히 선택할 일이다.

6월 이야기 2
-꿈의 계절, 학생회장 선거

나는 꿈 하나에 매달려 살아왔고 지금도 살아간다. 즉
나는 내가 꾸는 꿈에 의해 존재한다. 스스로 남보다 뛰
어나다고 믿는 것은 교만이지만, 남보다 뛰어날 수 있을
것이라고 믿는 것은 야망이다. - 홍정욱

2003년 현재, 헤럴드미디어 대표이사사장 겸 코리아
헤럴드 · 헤럴드경제 · 주니어헤럴드 발행인 홍정욱은
몇 해 전, 『7막 7장』이라는 자신의 체험기를 써서 세간
의 이목을 집중시켰다. 구정중학교 3학년 때인 1985년,
도미(渡美)하여 존경하는 존 F.케네디의 모교인 초우트
로즈마리 홀 고교에 입학하였고 고교 시절 축구부 주

장과 학교신문사 편집장, 그리고 학생회장으로 활발한 활동을 하여 하버드 대학교에 입학하였으며 1993년 하버드대학교 동북아지역학과를 졸업하였다.

그 중 그가 하버드대학에 진학을 위해 고등학교 시절을 어떻게 보냈는지 그 행적을 살펴보면 한국적 학교 상황과는 차별된다. 그는 학교 방송국에서 열심히 활동했고 신문사에서도 활동하다가 학생회장에 당선된다. 이러한 활동이 대학 진학의 밑거름이 된 것은 당연지사다. 당시 우리는 교과 성적만으로 대학진학이 결정되는 상황이었고 나머지 능력은 그것과는 별개였다.

그러나 제7차 교육과정이 적용되면서 그 상황은 달라지고 있다. 그의 행적과 같은 적극적인 학교 활동이 대학진학의 변수가 되고 있다는 사실이다. 학생회장 및 간부 활동은 물론이고 학급의 반장·부반장, 동아리의 부장 등의 활동도 대입 수시전형의 하나인 '리더십 전형'의 필요조건이 되기 때문이다. 그렇다면 학생들은 학교 생활을 긍정적이고 적극적으로 이끌 필요가 있다.

6월이 되면 아카시 향기가 숨을 막는다. 그 향기는 진한 만큼의 강한 파장으로 운동장을 가로질러 교실 창문을 넘는다. 향기가 교정에 진동하면 학교도 학생회장 선거를 준비한다. 학교는 학생회장선거 계획을 공고하고 입후보자를 모집한다. 예전에 비해 관심이 줄어든 건 사실이지만 아직도 학생회장 선거는 학생들 간에 초미의 관심 대상이다. 2학년에 재학 중인 학생에게 주어지는 학생회장 입후보자는 거의 제약 조건이 없다. 재학생으로서 리더십을 발휘하여 학교와 교사, 그리고 학생 사이에서 자신의 생각을 개진하고 학생의 권익을 위해 일할 자신이 있으면 가능하다. 학창시절에 그렇게 자신의 포부를 밝혀보는 것, 그것은 무엇보다 중요한 일일 수 있다.

학생회장 선거는 학생들의 꿈의 표현이다. 그러므로 한 번쯤 학생회장에 출마해서 자신의 생각을 피력하는 것은 아름다운 추억이 될 것이다. 게다가 자신의 생각을 학생들에게 전달할 수 있다는 것은 구미가 당기는 매력적인 활동이다. 치열한 선거전을 치른 후에 거둔 당선의 기쁨은 이루 형언할 수 없다. 그런 기쁨을 향유하는 것도 학창시절 누릴 수 있는 권리이다.

학교를 대표하는 학생회장을 선출하는 일은 쉬운 일이 아니다. 학생회장 후보 등록을 받고 이후부터 선거일까지 각 후보들 간의 각축전은 치열하다. 나름대로 전략이 필요하다. 예전에 비해 정교성은 떨어지나 꽤 신경 써야 할 부분이다. 이미지 전략이다. 최근에는 미디어를 이용한 자기 표현이 일반적이다. 특히, 첫 이미지는 매우 중요하다. 확연히 구분되는 것은 아니나 미묘하게 풍겨지는 후보자의 언술방식이나 동선은 피선거권자인 재학생들에게 뉘앙스를 달리하게 된다. 그러므로 이미지 전략은 아주 중요하다.

학교에서 실시하는 비디오 대담이 있다면 치밀하게 전략을 짜야 한다. 상대의 선거 전략을 파악하는 것도 중요한 일이나 내가 어떻게 재학생의 복지와 복리증진을 위해 일할 것인지를 분명히 해둬야 한다. 그렇지 않으면 내 논지가 흔들릴 수 있기 때문이다. 내가 확실하면 상대가 비수처럼 날카롭게 질문한다 할지라도 답변할 수 있다. 경우에 따라서는 다를 수 있겠으나 대부분의 비디오 토론에서는 사전에 대강의 합의를 한 상태에서 토론을 진행시키기 때문에 크게 긴장할 필요가 없다.

모든 것은 자신감에서 온다. 리더는 자신감이 우선한다. 그것이 결여되었을 때 피선거권자인 학생들은 감각으로 알아차린다. 그러므로 학생회장에 입후보한 학생으로서의 당당함과 자신감을 드러내는 일은 학생회장에 입후보한 학생으로서 필수 요건이다.

　어떻게 하면 내 아이를 리더가 되게 할 수 있을까. 학부모님은 한 번쯤 생각해 보셨을 것이다. 중요한 것은 학생의 자질이다. 그럴 자질이 있다고 생각했을 때는 자신 있게 나서볼 것을 주문하라. 학창시절의 자신을 시험해 보고 성인 사회로 진출하는 밑거름으로 생각하고 준비한다면 어렵지 않게 출마해 볼 수 있을 것이다.

　그렇지 않으면 철저하게 대학입시를 겨냥해도 좋다. 각 대학교에서는 '리더십 전형'을 확대 실시하고 있다. '리더십 전형'의 조건이 꼭 학생회장은 아니다. 학급의 반장·부반장, 동아리의 부장·차장도 해당이 되지만 학생회장으로서의 활동은 상당한 매력을 가진 게 분명하다. 몇 해 전, 졸업생 중에 정시라면 진학하지 못했을 학생이 학생회장 활동을 열심히 한 경력으로 '리더십 전형'을 통해 대학에 합격할 수 있었다.

꼭 대학 진학이 아니더라도 학창시절 도전해 볼 수 있는 것이 있다면 학생회장이 아닐까? 경험은 산 교육이다. 학창시절의 경험은 더군다나 인격 형성에 근간이 되는 시기이므로 그 중요성에 부연설명이 필요 없으리라.

에리히 프롬(E. Fromm)은 이렇게 갈파했다.

인생에서 인간이 자신의 힘을 펼쳐감에 따라 스스로의 삶에 부여하는 의미 이외의 의미는 없다.

JULY STORY

7월 이야기

할 수 있다는 자신감. 세상을 여유롭게 보되
긴장을 늦추지 않아야 할 때다.
무더위로 인한 정신적 해이는 쉽게 모아지지 않는다.

7월 이야기 1

―소나기, 그 장대한 집중력

수업 도중, 아주 가끔 시선을 창밖에 둘 때가 있다. 하늘이 시리게 파래서 하염없이 응시하고 싶다거나, 작설만한 연록의 잎들이 봄바람에 날려 물결을 이루거나, 바람 한 줄기 없이 함박눈이 대지를 덮을 듯이 펑펑 쏟아지는, 그런 경우 말이다.

그렇게 아이들과 공유하고 싶은 상황이 발생하면 시선을 밖으로 옮겨 즐긴다. 왜냐하면 학기에 두어 번쯤 발생하는 아름다운 사건에 해당되기 때문이다. 이렇게 한 번쯤 시선을 밖에 내다 놓으면 학습 분위기 쇄신 효과는 크다. 환호한다.

그러나 수업 중, 교사의 시선은 가능한 한 아이들을 벗어나면 안 된다. 왜냐하면 집약적 사고를 하는데 어굿나기 때문이다. 전달하고자 하는 학습 내용을 교감하는데 눈빛만큼 중요한 것은 없다. 시선은 아이들과의 교감을 잉태하는 근간이다. 아이들의 눈빛은 학습 내용의 수용 정도를 가늠할 수 있는 바로미터이다. 그래서 상황이 어떻든 시선만큼은 붙들고 있어야 한다.

세상살이에서도 그것은 중요하다. 시선을 어디에 두느냐에 따라 일의 성패가 나뉜다. 시선 속에는 그 사람의 성정(性情)이 담겨 있어서이다.

교실에서도 다르지 않다. 한 가지 사실을 설명하고 학생들의 눈빛을 보면 그 반응을 쉬 짐작할 수 있다. 눈빛은 정직하다. 인지의 정도가 확연히 드러난다. 그러기에 시선을 함부로 내던질 수는 없다. 그러나 가끔 시선을, 조각진 유리창 밖으로 던질 때가 있는데, 후텁지근한 7월에도, 그런 일은 드물게 발생한다.

소나기다.

세상을 덮을 듯이 쏟아지는 장대비. 후련하다. 그런 소나기에는 우주가 내재한다. 소나기는 절대 주저하지 않는다. 왈칵 쏟는다. 그래서 보는 이의 가슴을 한데 응그러 모아 토해 낸 듯하다. 그러면서도 그 우주는 얼음장처럼 차다. 차서 새로운 경계를 만들고 그 경계는 세상을 가름한다.

이렇듯 소나기는 혼곤한 여름날 정오를 산뜻하게 만들 듯하면서도 새 세상과 하나로 잇는다. 잇는다는 것은 명징의 다른 이름이다. 선명하게 드러나는 제반 체계들이 그 양태를 올곧이 드러내면서 서로를 인지한다. 놀람이다.

화들짝 놀라는 것은 교실에 앉아 있는 학생이나 교사만이 아니다. 삼라만상이 정지한다. 멍해진다. 운동장을 빙 둘러친 느티나무나 플라타너스, 시계탑, 가로등, 하물며 운동장가에 서있는 자동차까지 모든 것이 그 감각을 집중한다. 그래서 소나기는 이런 눅진한 분위기를 일순 바꾸는 청순미를 갖고 있다. 그렇게 장엄하게 쏟아지는 소나기를 응시하고 있노라면 무념무상의 세계로 진입한 듯하다. 무념무상. 그러나 그도 잠시다.

고등학교 3학년 교실에는 그럴 여유가 없다. 자연현상이든 인위적 현상이든 학습과 연관 지을 수밖에 없다. 학생들에게 7월은 몸과 마음이 따로 노는 때이다. 그러나 결코 따로 있게 할 수 없다. 그런 이유로 학생들은 고통스럽다. 이럴 때, 소나기는 활력소다. 수직적 고양감으로 학생들의 몸과 마음을 씻어주기 때문이다.

소나기처럼 집중하라!

7월이 되면 고온과 높은 습도, 그리고 100일이 채 남지 않았다는 강박이 학생들의 발목을 잡는다. 그래서 7월의 학생들은 초조하다.

그러나 이럴 때일수록 여유를 가져야 한다. 할 수 있다는 자신감. 세상을 여유롭게 보되 긴장을 늦추지 않아야 할 때다. 무더위로 인한 정신적 해이는 쉽게 모아지지 않는다. 이를 효율적으로 학습할 수 있는 방법이 어려운 문제, 특히, 영어·수학의 기본을 다시 확인하면서 어려운 문제만을 모아놓은 3점짜리를 공략하라. 문제가 어려울수록 집중력은 배가된다. 문제의 난이도가 클수록 효율은 상승작용을 한다. 그래서 포만감을 느낀다.

'늦을수록 돌아가라'는 경구가 이때에 적용된다. 모의고사 성적이 상향곡선을 그리지 못하면 이때가 기회다 생각하라. 위기가 기회라고 하지 않았던가. 무더위와의 싸움에서 승자가 되기 위해서는 영어·수학과의 싸움으로 결론지어야 한다.

지속적으로 울어대는 매미소리는 몸과 의식을 혼곤하게 한다. 무의식의 세계로 인도하는 그 소리에서 일탈하여 소나기처럼 명징한 의식을 가져야 한다. 그렇지 않으면 어떤 것도 획득하지 못한다. 그것이 영어·수학과의 싸움에서 승리하는 것이다.

7월의 이야기 2
–나를 발견하는 여행

여행은 나를 발견하는 도정(道程)이다. '발견'이란 나를 개방한다는 뜻이고 만남의 기회를 부여한다는 뜻이다.

길 위에 서면 맑은 햇살과 싱그런 바람과 살아 있는 나무와 풀들을 만난다. 그래서 우리는 자연이 되고 세태에 찌들면서 자연스럽지 못했던 나를 깊이 인지하게 된다. 여행은 자유다. 그 자유의 개방감은 어떤 것과도 비견할 수 없는 소통의 여유다. 그래서 기쁘다. 마주치는 삼라만상이 다 가슴으로 파고 들어와 청량감으로 살아난다.

여행이 가져다주는 기쁨은 그 해탈의, 통쾌함을 감

지할 수 있는 데 있다. 마음이 어떤 시원함으로 관통되는 즐거움을 만끽하게도 하고, 어떤 장소가 주는 희열에 정지된 순간의 열락(悅樂)을 맛보게도 한다. 그런 '내가 보이는' 행로(行路). 그것이 여행이다. 그래서 여행은 모든 것을 긍정적이고 적극적으로 대하고 담는다. 그래서 수용의 여정이기도 하다.

여행은 나를 길 위에 놓아 버리는 행위이다. '놓는다'는 건 '비운다'는 의미이다. 하긴 비울 수 있다면 모든 것을 얻었다는 의미이기도 하리라. 면벽 수도하는 산승(山僧)들이 신새벽부터 자기응시로 자신에 몰두하는 것은 '비우기' 위해서이다. 탐(貪), 진(瞋), 치(痴)를 버리고 또 버려 명징한 마음으로 회귀하기 위한 지난한 발버둥이다. 그러나 그것들은 쉽게 나를 떠나지 않는다. 그래서 그들은 쉼없는 정진을 한다. 부단한 노력으로 버려진 자리에 거대한 줄기로 솟은 '나'를 발견하고 요동없는 '나'를 만나게 되는, 그 법열(法悅)의 순간이 오면 오히려 고요해진다. 여행은 그런 수행자를 닮은, 수행자의 마음으로 회귀하는 귀거래사(歸去來辭)와 다름없다.

논둑 위로 쏟아지는 햇살들이 나를 보게 하고, 겨드

랑이를 스치는 바람이 나를 느끼게 하고, 온 대지를 덮고 있는 나무와 풀들이 나를 살아 있게 한다. 그래서 여행은 삶을 풍요롭고 감칠 맛나게 하며 인식의 깊이에 심연의 경지를 제공한다. 여행은 숨통이다. 잠깐의 여행이나마 일상을 벗어난다는 것은 자유를 만끽하게 한다. 교외만 나갔다와도 마음은 놓이는 게 아니던가.

파울로 코엘료(Paulo Coelho)는 『연금술사』를 통해서 '인간은 자아를 찾기 위한 여행의 여정을 통해 존재의 의미를 깨닫게 된다'고 하였다. 그리고 인간은 시간과 공간에 맹목적으로 정신과 육체를 맡겨둔 한낱 우주의 움직이는 점에 불과하다고 생각했고 생각의 고통을, 생각과 의지와 세계의 갈등을 감당하고 이겨내는 인간은 비로소 우주의 한 생명으로 서 있는 자신의 존재를 느끼게 되고, 자신의 존재감을 온 가슴으로 충만히 받아들일 수 있게 되는 것은 여행을 통해서라고 갈파하고 있다. 인간 개개인의, 그리고 우주에 자리 잡고 있는 모든 사물의 존재는 서로 맞물려 조화와 합일을 이루는 동시에 각기 다른 고유의 존재 의미를 가진다는 것이다. 그들은 그들의 존재 의미에 충실하다.

그것이 존재의 성실성이 아닐까. 그것을 인지하기 위해 여행은 필요조건이 된다.

일상에서는 느끼지 못한 또다른 '나'를 발견하는 멋, 그것이 여행이 주는 참 멋이다. 그러나 우리는 쉽게 여행을 계획하지 못한다. 일상의 틀을 일탈한 여행은 쉬이 다가서지 못한다. 특히, 고등학교에 재학 중인 학생들은 더욱 그렇다. 한참 사고가 왕성하고 자기 계발에 열중해야 할 아이들은 대학진학이라는 명제에 묶여 자신을 옭아매고 주위의 시선에 칭칭 동여져서 자유로운 사고조차 힘들다.

며칠 전, 다산(多産)을 의미하는, 꺼내어도 꺼내어도 계속 나오는 러시아 목각인형 마트로시카(Matryoshka)를 들고 영준이가 다녀갔다. 대학에 진학한 그는 지난 7월에 다녀온 러시아 여행 이야기를 간단히 하고 갔다. 여행 가기 전에 잠시 들러 운을 떼고 갔던 터라 이미 알고 있었고 바이칼 호 근처 이르쿠츠크(Irkutsk)에 도착해서는 국제전화를 통해 목소리도 들었었지만 후기를 듣는 일은 아주 긴장된 즐거움이 있어 반가웠다. 카튜사를 찾아 네흐류도프 백작이 헤매었을 그 시베

리아 벌판. 그 벌판을 질주하는 열차. 그 열차를 타고 블라디보스톡(Vladivostok)에서 상 페테르부르그 (St.Peterburg)까지의 여정을 담담하게 엮어가는 영준이 는 훌쩍 성장한 듯 느껴졌다.

그러나 고등학교 3학년에게 여행은 그림의 떡이다. 물론, 수능이 끝난 후엔 가능하겠지만 ……. 그러나 1학년 학생들에게 여행은 해볼 만한 행사이다. 그것이 해외여행이든 국내여행이든 가릴 필요 없다. 나를 발견하고 삶을 조명하는 일은 어디에서든 가능하기 때문이다. 특히, 여름방학이나 겨울방학을 이용하여 미국 대학 순례 여행도 좋겠고 자연의 위대함과 인간의 현명함을 함께 느낄 수 있는 유럽여행도 생각해 볼만하고, 인간이 왜 태어나 이 고행의 세상을 살아가는지 체득하게 하는 인도여행을 계획해도 좋을 것이다. 꼭 해외여행이 아니어도 좋다. 테마를 잘 잡아서 작가들의 생가가 있는 문학여행을 떠나도 좋을 것이고, 남도의 따뜻한 인정을 맛보려면 적당한 날짜를 안배하여 해안선 기행을 계획해도 좋을 것이며, 기차를 타고 떠나는 여행도 의미 있을 것이다. 일상을 떠나 나를 객관화하여 응시하는 일은 매우 소중한 일임에 틀림

없다.

　여행은 부모님의 적극적인 지원이 없이는 불가능하다. 경제적 지원이 뒤따르는 문제이기 때문이다. 더군다나 미성년자이기에 자녀와 동행하는 여행은 더욱 무게를 갖게 마련이다. 성장기 자녀에게 부모와 함께하는 여행은 그 어떤 것보다 비중 있는 행사이다. 미리 자녀와의 여행을 위해 적금을 시작하는 것도 좋은 방법 중 하나이다. 여행은 나를 발견하고 그 속에서 세계를 얻을 수 있기에 주저하거나 망설일 이유가 전혀 없으며 아낄 이유 또한 없다. 나를 얻는 것은 한 세상을 얻는 일이다.

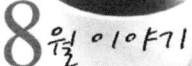

AUGUST STORY

8월 이야기

학교에서 요구하는 봉사활동량에 정해진 것은 없다.
그러나 예년에도 그래왔듯이 1년에
20시간 정도면 충분하다.
그렇지만 지금은 이도 한계를 갖고 있지 않다.

8월 이야기 l

−봉사활동, 그 계륵(鷄肋) 같은 숭고함

초등학교부터 중학교까지 애향단 활동을 하였다. 일요일 아침, 마을 회관 처마에 달린 큰 종이 울리면 마을에 사는 초등학생들이 손에손에 호미며 삽이며 빗자루를 들고 회관 앞으로 모여 들었다. 얼추 시간이되어 아이들이 모이면 인원 점검을 한 후, 애향단장은학년별로 일거리를 나누었다. 대개는 마을 공터에 화단을 만들어, 집집에서 꽃모종을 가져오게 해 심거나마을 안길을 쓸어내는 일이 전부였고, 이따금 읍내로나가는 길가에 코스모스 씨앗을 뿌리는 일도 했다. 그렇게 분주히 이런저런 일들을 마치고 나면 해가 동산위로 목을 쭉 빼고 훌쩍 올라왔다. 우리는 목덜미가따가워져 더 이상 작업하기 곤란해지면 해산을 했다.

그것을 봉사활동이라고 생각하지 못했다. 다들 으레 그러려니 했고 그렇게 하는 것이 마땅한 일이라고 생각했기 때문에 다른 생각을 할 겨를조차 없었다. 지금 학생들의 봉사활동에 비하면 넘치고도 남는 활동이었지만 생활의 일부가 되어버린 그 활동을 봉사활동이라고 생각하지 않았다.

3월이 되면 대부분의 학생들은 봉사활동 계획서를 작성한다. 그리고 그 계획서에 의해 일 년 동안 봉사활동을 하게 된다. 학생들의 자세가 그리 신중해 보이지는 않는다. 그러나 봉사활동은 학생에게 맡겨두고 말 일이 아니다. 학부모님은 학생과 더불어 계획서를 작성하고 관심을 가지고 활동 대상을 찾아야 한다. 자녀의 생각과 성정(性情)을 고려하여 즐거운 마음으로, 적극적으로 활동할 수 있는 공간은 있는지, 큰 의미를 부여해서 활동할 만한 사회단체가 있는지 깊은 관심을 가지고 조사해야 한다. 그것은 학생의 진로와 무관하지 않기 때문이다.

학교에서 요구하는 봉사활동량에 정해진 것은 없다. 그러나 예년에도 그래왔듯이 1년에 20시간 정도면 충분하다. 그렇지만 지금은 이도 한계를 갖고 있지 않다. 그만큼 봉사활동은 시간에 국한되는 활동이 되어서는 안 된다는 사실이다. 시간에 얽매여 '시간 때우기' 식 봉사활동을 하는 것은 자신에게도, 봉사활동의 기본 취지에도 어긋나기 때문이다. 그래서 각 대학에서 원하는 봉사활동은 이제, '얼마나'가 아니라, '어떤' 활동을 '어떻게' 하였는가에 그 초점이 맞춰져 있다.

요즘, 학생들의 봉사활동은 학교 활동에 국한되어 있는 경우가 많다. 그러나 3학년이 되어서 대학입시 원서를 쓸 때 필요한 봉사활동은 얼마나 실질적인 활동이었는지, 그곳에서 무엇을 느꼈는지를 확인하는 감성지수 측정에 비중을 두는 경우가 더 많아졌다. 더불어 그것이 얼마나 오랫동안 지속되었는지도 묻는다. 그러므로 온 가족이 사회단체를 정해놓고 정해진 날짜, 정해진 시각에 가서 꾸준히 한 봉사활동이라야만이 그 의미가 확고하다.

몇 해 전, 몇몇 대학에서 봉사활동 실적만으로 학생을 선발한 경우가 있었다. 그래서 한 해에는 신드롬처럼 봉사활동 시간을 많이 하면 원하는 대학에 합격할수 있다고 생각한 학부모님이 있었다. 그러나 지금은 상황이 현격히 달라졌다. 봉사활동으로 학생을 선발하는 경우도 극히 드물어졌고 이제 점점 더 줄어들지도 모르는 상황이다. 그렇다고 해서 봉사활동이 학생부 기록에서 사라지는 것은 또한 아니다.

학생부에 봉사활동의 내용이 그대로 살아 있고, 특히, 수시 전형 원서를 쓰는 학생에게 봉사활동은 중요한 요소이다. 어떤 활동을 어떻게 했는지를 묻기 때문이다. 그러므로 학부모께서는 자녀의 봉사활동에 대한 '질(質)'과 '양(量)'을 철저히 기록해두고 관리해야 한다. 학생의 의견을 존중하기는 하되 학생에게 맡겨두지 말고 자녀와 더불어 꼼꼼히 챙겨 두어야 한다.

이런 봉사활동을 하기에 가장 최적의 기간이 8월이다. 그것도 1·2학년 여름방학을 이용하여 봉사활동을 집중적으로 하는 것은 좋다. 물론, 학기 초부터 [천사의 집]이거나 [노인복지회관] 등에 나가서 매주 정해진 요일, 정해진 시간에 가서 꾸준히 정해진 봉사를 하는 것이 의미를 살릴 수 있는 활동에 해당된다. 그렇게 해야 할 일이다. 그러나 그렇지 못한 경우가 많다. 평소 학생들은 보충수업이다 자율학습이다 학원이다 해서 평일 봉사활도을 하기에 시간활용이 썩 쉬운 편이 아니다. 그러므로 8월이 되면 봉사활동에 적극 참여하여야 한다. 형식적인 봉사가 아니라 실질적인 봉사, 즉 이 사회의 어둡고 힘든 삶을 살아가는 사람들에게 미력하나마 힘이 되고 용기를 줄 수 있는 활동이 된다면 그 의미가 배가(倍加)될 것이다. 각 대학에서 요구하는 봉사활동의 진정한 의미가 여기에 있다 해도 과언 아니다.

사실, 봉사활동은 아주 중요한 사회활동이다. 그간 우리나라에서는 학습활동에 지나치게 편중된 진학지도가 이루어져 왔다. 그래서 6차 교육과정 말미에서부터 대학입시에 도입한 봉사활동이었지만 지금은 이것도 시행착오를 거쳐 많은 변화를 겪고 있는 실정이다. 그렇지만 봉사활동은 '더불어 사는 사회', '함께 복지를 지향하는 사회'에 그 근간을 두는 기본이므로 착실하게 활동에 참여해야 하고 긍정적이고 적극적인 자세로 준비해야 한다.

8월 이야기 2

−받을 것인가 말 것인가. 보충학습

"열심히 일한 당신, 떠나라."

얼마 전, 세간에 이목을 집중한, 한 CF 카피다. 집중적으로 일했으면 휴식을 취하라 단언하고 있다. 학교에서 실시하는 방학도 이와 동일선상에 놓인다. 그러나 대학입시를 앞둔 고등학생은 학기 중, 열심히 공부했다 할지라도 그렇게 차분히 휴식기를 가질 수 없다. 마음의 여유가 없는 편이다. 아무리 열심히 공부하였어도, 상위성적을 유지하고 있다 할지라도 자신의 역량이 함량 미달이라는 것을 잘 인지하고 있기 때문이다.

그래서 대부분의 학교에서는 방학 중 보충학습을 실시한다. 그러나 학생들은 보충학습을 수강할 것인지 말 것인지 고민한다. 물론, 교사마다, 학부모마다, 학생마다 생각의 차이는 있으리라. 그러나 별일이 발생하지 않는 한, 방학 중 보충학습은 실시된다. 학교에서 실시하는 보충학습이므로 교사가 학생을 충분히 이해하고 있고 학생과의 교감을 통해 교사의 교과학습내용이 적절하게 수위 조절되어 있으리라 믿고 수업에 참여한다.

물론, 이 부분도 교사, 학생, 학부모마다 생각이 다를 수 있다. 대개의 학부모는 보충학습을 해주기를 바라고 학교에서 야간자율학습도 실시해 주기를 바란다. 그렇지만 교사에게 보충학습이나 야간자기주도적 학습지도는 부담이다. 정규수업을 준비하기에도 시간이 빠듯하고 학생 상담을 비롯하여 처리해야 할 업무가 쌓여 있기 때문이다.

대부분의 학생들도 보충학습을 하지 않기 바란다. 우신은 방학 중 수업이라는 데에 부담이 크기 때문이고 수업 분위기에 대한 조바심 때문이다. 일단은 수업을 하지 않고 쉰다는 것은 얼마나 매력적인 일인가. 그러나 보충학습을 실시하지 않게 되면 2~3년 후, 어떤 결과를 초래할지 아무도 장담할 수 없다. 그럼에도 불구하고 학생들은 보충학습을 받지 않으려 한다. 그렇지만 학생들은 좋은 내신 성적을 획득하기 위해, 또는 다가올 대입 수능에서 상위 성적을 얻기 위해 보충학습을 받게 된다. 그렇게 학기의 연장으로 보충학습을 하게 되면 학생들의 학습 태도는 자연스러워지고 또한 집중력을 갖게 된다. 학생들의 안정된 마음상태는 학습 상승효과의 근간이다. 그 마음이 전제되지 않으면 어떤 노력도 허사가 되기 때문이다.

보충학습 교재를 준비하고 수업을 실시하는 것은 교사에게는 부담이다. 그렇지만 학교의 요구와 학부모님의 요구, 또는 학생의 요구에 의해 보충학습은 실시된다. 이런 보충학습도 모든 수업이 그러하듯이 학생의 학습 태도가 관건이다. 보충학습의 성패는 학생이 얼마나 적극적인 자세로 수업에 임하느냐에 달려 있다. 아무리 교사가 공을 들여 교재를 준비하고 열심히 설명하며 학생의 적극적 참여를 유도해도 학생이 심드렁한 자세로 앉아 있거나 졸고 있다면 그 의미가 반감되기 때문이다.

2004년 2월 17일 교육부에서 발표한 '공교육 정상화를 통한 사교육비 경감대책'의 핵심은 학교 교육을 통한 사교육비 절감이었다. 방과 후 보충학습이나 특기적성교육, 영어체험프로그램을 실시하여 학교 수업과 평가 방법을 개선하고 기초학력을 학교가 책임지고 지도하겠다는, 학교 수업의 내실화를 통한 공교육 강화방안이었다. 이 발표에서는 학력경시대회와 경연대회 등을 폐지한다는 것도 함께 들어 있었다.

그래서 새롭게 실시한 것이 '수준별 보충학습'이다. 과거의 일률적인 전교생 대상의 공통 진도의 보충학습이 아니라 수준에 맞는 학생들의 선택으로 효과를 높일 수 있는 교육이 된다는 사실이다. 그러나 이러한 보충학습에 익숙해 있지 않은 학생들은 교실을 바꿔 앉는 것부터 어색하다. 그래서 수준별 보충학습은 원하는 학생이 원하는 교과목을 선택하여 수업을 듣게 되는데 그 효과는 미지수다. 이도 교사마다 학생마다 생각의 차이를 갖는다.

어떤 수업이든 착실히 들어두면 그 효과는 분명하다. 중요한 것은 착실히 적극적으로 수강하지 않는 데에 있다. 물론, 교사의 수업 준비를 탓할 수도 있고, 구성원의 학습 분위기를 탓할 수도 있다. 그렇지만 의자에 앉아 있는 학생의 마음 자세, 그것이 가장 중요하다. 삼수갑산을 가더라도 나 하기 나름 아니겠는가.

보충학습은 말 그대로 본 교과 시간에 채 이해하지 못한 부분을 보완하는 수업이다. 그렇기에 보충학습이 성공하기 위해서는 철저히 수요자 중심으로 이루어져야 한다. 수요자의 요구를 무시하게 되면 별무소득이기 때문이다. 수업 방법은 50분 수업을 할 것인지, 90분 수업을 할 것인지 학생들에게 선택하도록 하는 것이 좋다.

그리고 보충학습에 참여하는 교사의 수업 내용과 방식이 학생과 학부모의 요구를 충족시켜야 한다. 학교 교사가 참여하되 요구가 있을 때에는 외부 강사를 초청하여 검증을 받을 필요가 있다. 또한, 가능한 한 개별학습이 가능한 수준으로 반 편성이 이루어진다면 그 효과는 급증할 것이다. 이를 테면, 학생수를 20여 명으로 한정하고 각 교과목을 영어듣기평가 상·중·하반, 토익반, 영미소설반, 영문법 상·중·하반, 수능 기출문제 풀이반, 교육방송 영어과목 시청반 등으로 세분화 시킨다면 그 효과는 배가되리라 생각한다.

보충학습은 여러 가지로 문제점이 많다. 그러나 충분히 보완하면 큰 효과를 얻을 수 있으리라 생각한다.

9월 이야기

SEPTEMBER STORY

힘을 내야 한다. 부족하다 생각하면 분발해야 한다.
그 분발만이 나를 세워준다. 모든 것은 마음이 한다.
그러니 마음 관리를 잘 해야 한다.

9월 이야기 1
-새로운 시작, 2학기

인수봉에 오른다. 가파르다. 고개를 쳐들고 자일을
멘 선등자의 뒷꽁무니를 본다. 초보자가 오르는 길이
다, '고독의 길'. 그러나 결코 쉽지 않다. 가끔 캐러비
너를 사용하기도 하면서 오르는 그 '길'에 '고독'은
없어 보인다. 선등자의 외침이 아래로 떨어진다. 오른
쪽 바위는 안 돼. 딛지 마. 몸을 바짝 붙이고 왼쪽 바위
에 발끝으로 서야 한다. 오른손 쪽 홀드 잘 보고 잡아.
후등자들이 한 사람 한 사람 차례대로 한치의 오차도
없이 같은 자리를 딛고 길을 오른다.

'고독의 길'에서 '고독'을 발견한 사람은 없다. 아
니, 고독을 발견할 새가 없다. 그 만큼 초긴장상태에서
오른다. 그럼에도 왜 '고독'의 길이라 명명했을까? 아

무 것도 생각하지 않는 '무아의 경지'에 몰입하지 않으면 등정에 성공하지 못하는 코스여서 그랬는지는 알 수 없다. 그러나 세상에 '고독'하지 않은 것이 있겠는가.

어쩌면 '고독'은 마음에 있으니 산행을 하면서도 마음을 응시하라는 의미가 내재한 것인지도 모른다. 제법 긴 그 길을 몇 시간 사투하듯 오르면서 '고독'은 인간 자체를 지칭하는 한계적 어휘인지도 모른다는 생각을 한다. '고독'하지 않은 사람은 없을 터. 어쩌면 인간은 고독을 천형처럼 멍에로 여기고 사는 지도 모를 일이다.

9월은 8월의 잉여물이다. 8월을 잘 보낸 학생들은 9월이 여유롭지만 그렇지 못한 학생들은 9월이 두렵다. 아니, 고독해진다. 땡볕이 온 몸을 휘감치듯 하고 있을 때는 몰랐지만 찬 바람이 어깨를 투둑 치고 지나가면 정신이 번쩍 든다. 그래서 9월이 되면 학생들의 반응이 확연히 갈라진다. 9월의 '고독'을 느끼지 않기 위해서 8월을 알차게 보내야 하다. 8월의 집중적인 투자가 9월의 학습 의욕을 좌우하기 때문이다. 70여일 남겨진 수능이 목을 조여 오고 여름방학의 학습 성과는 없고 모의고사 성적은 곤두박질치는 상황의 연속이라면 다급한 마음이 가슴에 맺힌다. 외로움, 그 고독에서 탈출하는 방법은 한 걸음 빼보는 일이다. 이럴 때일수록 마음을 여유롭게 가져야 할 일이다.

늦을수록 돌아가라는 말이 눈앞에 다가온다. 돌아가는 여유로 마음을 하나하나 안정시키고 부족한 것들을 점검하면 허둥지둥 세월이 흐르는 것보다 낫다. 현명한 판단만이 자신을 구원할 수 있다. 큰 욕심 갖지 말고 욕심을 최소화하는 용기로 자신을 지탱해낼 수 있으리라.

힘을 내야 한다. 부족하다 생각하면 분발해야 한다. 그 분발만이 나를 세워준다. 모든 것은 마음이 한다. 그러니 마음 관리를 잘 해야 한다. 할 수 있다는 자기최면을 통해 마음을 다잡고 절대 포기하지 않아야 한다. 하루에도 몇 번씩, '나는 할 수 있다'는 생각을 해야 한다. 그렇게 자신을 다잡지 않으면 흐트러진 마음 상태를 정화시킬 수 없다. 올곧이 나를 세울 수 없다.

그래서 9월엔 몇 가지 정리해야 할 사안들이 있다. 8월 여름 방학을 이용하여 평소 부족하다고 생각한

영·수거나 사탐·과탐 영역을 보완하여 나름대로 의미를 확보한 학생들은 크게 문제가 없겠지만 그렇지 않은 학생들은 9월에 영·수보다는 언어영역이나 사탐·과탐 영역에 더욱 집중해서 학습해야 할 상황이 연출되기도 한다. 그래서 9월은 다른 때보다 더 많은 사념에 빠지기도 한다. 학생마다 그 경우는 천차만별이겠으나 자신을 다독이고 들뜨지 않은 학생만이 나약해진 자신을 극복하고 자신감을 얻게 된다.

그렇게 9월을 보내면 마음이 차분해지고 윤택해지면서 자신감이 생긴다. 이 자신감은 10월과 11월을 관통하면서 수능 일까지 잇닿게 되어 있다.

눈을 감으라. 마음을 아래로 끌어내리고 자신을 인수봉의 정상에 세워라. 그렇게 한참을 상상하라. 그리고 정상에서 느낄 수 있는 정복의 기분을 마음껏 만끽하라. 백운대의 많은 사람들 틈에서 보는 세상과 달리, 선택된 자들의 용기와 감투(敢鬪) 끝에 획득한 인수봉, 그 특별한 위치에서 조망하는 새 세상은 다르면서 특별하다. 갈비뼈 사이로 빠져나가는 바람, 그 도저(到底)한 바람 속에 나를 두어라. 그리고 할 수 있다는 확신을 다져라.

도전! 그래서 도전은 아름답고 또 아름답다. 정상은 한 사람에게 오래 그 자리를 내어놓지 않는다. 달도 차면 기우는 것이고 산은 올랐으면 내려와야 한다. 그렇지만 오래도록 그 자리에 나를 세워놓는다. 그렇게 나를 다지고 다지면 어떤 난관도 극복할 수 있다는 자신감을 갖게 된다. 그런 마음으로 책상에 앉고 집중할 일이다.

그러면 하강의 카타르시스 또한 내 것이 된다. 자일 두 동을 묶어 하강한다. 오버행 구간에서 온 몸에 전율이 흐른다. 피톨이 거꾸로 서는 듯한 느낌. 무아경지의 '고독'. 오르는 길만 고독이 존재하는 것이 아니라 도처가 다 고독이라는 세상의 언어를 읽을 수 있다.

나를 다시 세운다. 흐트러진 나를 다시 응시한다. 그렇게 할 수 있다는 자신감을 다잡는, 그런 짜릿한 전율감을 확인할 수 있는 9월이다. 9월에는 나를 응시하고 부족한 나를 다시 채워야 한다. 새로운 출발선상에 서 있는 달리기 주자처럼 새롭게 마음을 다잡을 필요가 있다. 모든 것은 마음에서 시작한다. 묵묵히 오르고 또 올라야 한다.

"산이 거기 있기 때문에 나는 산에 오른다."

영국의 전설적 등반가 조지 말러리(George Mallory)는 왜 산에 오르느냐는 질문에 이렇게 대답했다. 그러한 마음으로 노력할 일이다.

OCTOBER STORY

10월 이야기

책을 통하지 않고 자기 완성은 있을 수 없다.
책은 그 사람의 정신세계를 담고 있어서
글쓴이의 사고체계는 물론이고 언술방식이나 향기를
고스란히 담고 있다.

10월 이야기 1

−독서, 그 오묘하고도 심란한

　안중근은 "일일부독서 구중생형극(一日不讀書 口中生荊棘)"이라 했다. 하루라도 책을 읽지 않으면 입안에 가시가 돋힌다는 말이다.

　얼마 전, 〈VJ특공대〉를 담당하고 있는 모 방송사 PD를 만날 기회가 있었다. 젊은 그는 학생들을 상대로 어떻게 PD가 되었으며 어떤 방법으로 프로그램을 제작하는지의 과정을 설명하고 있었다. 학생들의 태도는 자못 진지했고 그의 설명 또한 경험에서 우러난 산지식이었기 때문에 흡인력이 있었다. 학생들이 PD에게 관심을 집중한 건 자명했다. PD는 학생들이 선호하는 직종 중 하나이기 때문이다.

예전에는 PD가 되기 위해서 영어공부를 열심히 해야 했다. TOEIC이나 TOEFL의 높은 점수가 요구되었고 그 외에도 많은 것을 준비해야 했다. 그러나 최근 PD를 선발하는 방법은 예전과는 많은 변화를 보이고 있다는 것이 그의 설명이었다. 영어 점수보다는 일에 대한 열정과 재능, 그리고 '잡학다식(雜學多識)'한 상식이라고 했다.

잡학다식(雜學多識)할 수 있는 근간은 어디에 있는가. 그것은 독서이다. 많이 읽어야 다량의 정보를 습득하고 습득된 그것들을 적절하게 활용할 수 있을 터다. 그러므로 한국문학, 세계문학 등의 문학작품을 비롯하여 매일매일 쏟아지는 신간은 물론, 신문, 잡지 등등 가리지 않고 읽어내야 한다는 뜻이다. 그 내용은 전혀 제한을 거부한다. 인문 사회과학은 물론이고 자연과학, 스포츠, 의학 등에 이르기까지 읽을 수 있는 한 읽어내는 것이 중요하다.

독서는 우주로 통하는 길이다. 한 우주에 닿기 위해서는 많은 독서가 필요하다. 독서는 우주로 진입하기 위한 통행증 같은 것이다. 그 통행증 없이는 우주에 정착할 수 없다. 우주는 체계성을 갖춘 '나'다. 그 한 세상을 얻은 나를 만나기 위해서는 많은 정보를 습득해야 하고 깊이 성찰해야 한다.

세계적 석학을, 성인(聖人)을 만나 그들의 정신세계와 사유방식 등을 체득하는 것이 가장 확실한 방법이다. 그러나 우리가 시공을 초월하여 존재하는 그들을 만나기란 용이한 일이 아니라는 걸 익히 알고 있다. 동시대 인물이라고 하여도 어디 얼굴 한 번 보기 쉬운 일인가. 그래서 그들의 정신세계와 사유방식을 획득하기 위해서는 책을 통하지 않고서는 접근하기 힘들다. 어떻게 생각하면, 사람 만나는 것이 무엇보다 어려운 상황에서 책은 무시로 그들을 만날 수 있게 해주므로 얼마나 다행스러운 일인가 싶다. 삶에서 이런 기회는 그리 많지 않은 셈이다. 이렇듯 쉬이 세계적 석학과 성인을 만나 그들의 업적을 고스란히 수용할 수 있는 것은 오로지 책 덕분이다.

책을 통하지 않고 자기 완성은 있을 수 없다. 책은 그 사람의 정신세계를 담고 있어서 글쓴이의 사고체계는 물론이고 언술방식이나 향기를 고스란히 담고 있다. 그러므로 책은 글쓴이 자체라 해도 진배없으며 그 사람과 만나는 통로이기도 하다. 그 분야의 석학과 만나는 것에 의의를 제기할 여지가 없는 것이다. 그래서 열심히 책을 읽어야 한다. 그렇게 많은 책을 읽으면 우주에 닿을 수 있다. 아늑하고도 그윽한 그 우주는 '나'의 중심에 있다. 그것이 절대 흔들리지 않게 하는 것은 독서뿐이다.

10월은 국가가 지정한 [독서의 달]이기도 하다. 책 읽기를 강조하고 독후감 쓰기 대회, 도서 바자회 등등의 행사를 거행하지만 진정 독서하는 사람들은 극히 제한되어 있다. 독서율 통계를 보더라도 일본이나 서구 유럽의 선진국과는 큰 차이를 보이고 있다. 우리나라 성인의 45%는 최근 한 달간 책을 한 권도 읽지 않았다고 한다. 통상 규모 세계 13위, 국내총생산 세계 15위 등 선진국 진입 직전의 외형과는 달리 한국은 문화적, 정신적으로 위기상황에 처해 있다고 봐도 다르지 않다. 국가 문화 수준의 척도인 독서율은 일본의 5분의 1 수준에 불과하다. 2000년에 실시한 한국갤럽의 통계를 보면 '한 달에 한 권 이상 책을 읽는 사람은 44.6%'이고, 월 평균 독서량은 1.59권에 불과하다. 독서율은 저연령일수록 높았고 학생일수록 높았다. 즉, 성인일수록 책을 읽지 않는다는 것이다. 학교에서도 학생들이 책을 읽지 않는다. 그 학생들을 독서의 세계로 끌어들이는 것은 반강제적 방법 밖에 없다. 그래서 독서와 관계한 행사를 시행한다. 그래도 책을 대하는 학생 수는 그리 많지 않다.

최근들어 영상매체가 극도로 발달하여 문자매체에 대한 관심이 줄어든 건 사실이다. 그러나 영상매체의 현란한 화면과 함께 전달되는 정보는 전문성을 제고하기에는 미흡하다. 의지적으로 접근하지 않아도 쉽게 습득되는 TV나 영화 등과는 달리 문자매체가 가지고 있는 체계성과 다량의 정보성은 독자에게 정신적 안정감과 자신감을 준다. 그 만큼 독서는 사고의 체계를 형성하는데 많은 도움을 준다. 흐트러진 정신세계가 구조화되면서 오는 편안함은 어디에서도 찾을 수 없는 즐거움이다.

소크라테스는 "남이 쓴 책을 읽는 데 시간을 보내라. 남이 고생한 것에 의해 쉽게 자기를 개선할 수 있다"고 말했다. 책을 쓰는 일은 어려우나 그것을 습득하는 것은 그리 어렵지 않다는 얘기다. 그럼에도 불구하고 독서 인구는 점점 줄어드는 추세인 것은 어쩔 수 없는 대세인 듯하다.

우리 아이에게 어떻게 독서를 지도할 것인가. 쉽지 않은 명제이다. 그러나 길은 있다. 부모가 본을 보여라. 그러면 쉽게 접근한다. 쉽지 않겠지만 우선은 TV를 끄고 온 가족이 공동으로 읽을 수 있는 책을 선정하라. 4인 가족이라면 4권의 책을 윤독하고 한 달 중 하루를 정해 그 책에 대한 토론을 하면 이상적인 독서가 될 것이다.

책을 선택할 때는 쉬우면서도 함께 논의할 정도의 수준이어야 한다. 그러다가 차츰 그 수위를 높여 가면 어렵지 않게 의도했던 만큼의 성과를 획득할 수 있을 것이다.

"책속에 길이 있다."는 어구를 최근 들어 실감한다. 살아 볼수록 책속에 길이 있다. 수불석권(手不釋卷)해야 할 일이다.

10월 이야기 2

-논술과 구술면접고사, 어떻게 공부할 것인가

논술을 지도하면서 학생들로부터 '실질적'인 도움을 요청 받은 적이 있다. 실질적인 도움이란 무엇일까? 학생들은 이런 문제에는 이런 유형의 답안 작성 요령을, 저런 문제에는 저런 유형의 답안 작성 요령을 요구했는지 모른다. 그러나 논술에는 '실질적 도움'이 따로 필요하지 않다. 다만 열심히 쓰고 첨삭지도를 받으면서 스스로 터득해가는 것이다. 결국, '실질적'인 도움은 자신에게 있으며 스스로 해결해야 할 일인 것이다.

논술은 정해진 폼(form)을 요구하지 않는다. 논술의 기본인 '서론-본론-결론'의 틀은 유지하되 논제를 분석하고 논거를 통해 추론하는 전개방식은 모두 스스로 해결할 일이다. 그러기에 논술은 장기간의 노력이 요구된다. 순간에 해결할 수 없는 것이 논술이다. 논술에는 평소의 독서량과 사유방식, 가치관, 언술행위와 그 행동양식까지 모든 것을 아우르는 통합적 사고가 필요조건이다. 결코, 논술은 쉽게 이뤄지지 않는다.

최근 논술은 대학입시에서 그 비중이 더 커지고 있다. 2008학년도 대입전형요강을 살펴보면, 상위 대학일수록 논술과 심층면접의 중요성을 강조하고 있다. 이제, 논술은 모든 대학에 필수 전형 요소가 되었다. 그것이 정시가 되었든 수시가 되었든 거의 예외 없이 논술을 준비해야 한다. 그러므로 논술을 1학년 때부터 차근차근 준비해야 한다.

논술을 잘 하기 위해서는 어떻게 해야 할까? 우선, 많은 책을 읽어야 한다. 읽지 않고는 좋은 글을 쓸 수 없다. 대 작가들도 7:3의 비율로, 읽는데 비중을 둔다. 그만큼 독서는 사고의 근간이라는 말이다. 그러므로 문학서적은 물론이고 가벼운 철학서적과 과학서적, 신문, 잡지 등에 이르기까지 다양한 서적들을 읽어야만 논술의 근거로 이용할 수 있다. 전공과 관련해서는 심도 있는 독서가 요구된다.

2005학년도 서울대 수시 2학기 논술문제는 '한국의 지식인이 가져야 할 바람직한 자세'를 논술하라는 것이었다. 훗설의 글과 에드워드 사이드의 '오리엔탈리즘'을 제시문으로 던진 이 문제는 지성 또는 지성인이 정합적 이성(整合的 理性)에만 빠져 물질문명의 도구로 전락하는 것을 비판하고(훗설Husserl의 글) 서양 추종적인 자세에서 벗어나 주체적이고 창의적인 지식세계를 세워나가야만 한다(에드워드 사이드Edward W.Said)는 것을 한국의 역사, 사회와 관련지어 논술하라는 것이었다. 이 논술에 접근하기 위해서는 사회적인 현상과 21세기 지성의 방향성을 인지하고 있어야 가능하다.

이는 우리 사회가 갖는 많은 문제들, 정치·경제·사회·문화 등에서 갖가지 전근대적이고 비민주적이고 반교양적인 사태들이 끊임없이 확대되어 온 것에 일침을 가하라는 논제이기도 하다. 21세기가 되면서 사회 각 분야는 전환기를 맞고 있다. 탈냉전, 글로벌화, 지식정보화 사회 등 우리 사회가 어떤 각도에서 어떻게 수용해야 그 의미를 탐색할 수 있을 것인지 그 시각을 묻고 있다. 지성인으로서의 비판적인 고민을 하고 창의적 사유방식을 갖지 않으면 안 된다는 것이다. 이렇듯 논술은 당대 지성인들의 현실 인식을 충분히 읽고 있어야 자신의 논지를 정연하게 전개할 수 있다.

논술은 창의적이어야 한다. 창의력이란 심층적이고 다각적으로 논제에 접근함으로써 독창적인 사고를 이끌어낼 수 있는 능력을 말한다. 그러므로 어떤 사안이든 피상적으로 접근해서는 절대 안 된다. 그렇게 하면 창의적 논술이 힘들어지기 때문이다. 그래서 토의·토론 학습과 자기 연찬을 게을리 해서는 안 된다. 어떤 논제가 주어져도 전체적인 조망 후에 자기만의 개성적인 시각을 제시할 수 있어야 한다.

논술이란 어떤 주제나 제시된 과제를 논리적인 과정을 통해 해결하고, 그 자신의 의견이 옳다는 것을 여러 근거를 통해 언어로 서술하는 글쓰기이다. 이런 논술을 잘 할 수 있는 방법은 없는 것일까? 그 방안을 몇 가지만 간추려 보기로 한다.

첫째, 많은 글을 써 보라. 평소 의문을 품었던 사안들을 짧게나마 써 보는 것이 중요하다. 그래서 논술 노트를 만들어야 한다. 신문사설에서 보았던 문제를 사설과 다른 각도에서 내 의견을 써보는 것도 좋다.

어떤 것이 되었든 자신의 생각을 피력하는 것은 무엇보다 중요하다는 것이다.

둘째, 항상 요약하면서 글을 읽어야 한다. 다른 사람의 글을 정확히 읽어 한 편의 완결된 글로 압축하여 자신의 글로 다시 나타낼 수 있어야 한다. 그것이 힘들다면 항상 각 문단마다 중심문장에 밑줄을 그어 보거나 중심문장을 요약해서 써보는 연습을 꾸준히 해야 한다. 다른 사람의 글의 핵심을 읽어내는 일은 무엇보다 중요하다.

셋째, 다독(多讀), 다작(多作), 다상량(多商量)해야 한다. 많이 읽고 많이 쓰고 많이 생각하면 좋은 논술을 할 수 있다. 신문 사설은 쉬지 않고 읽고 비판해야 한다. 그리고 같은 사안이라도 어떻게 내 생각을 제시할 수 있을 것인지 생각해 봐야 한다. 지속적으로 노력해야 한다. 그렇지 않으면 한계를 뛰어넘지 못한다. 부단히 노력할 일이다.

넷째, 배경지식을 키워야 한다. 논술에서 학생들이 어려워하는 부분이 서론이다. 어떻게 시작해야 되는지 모르겠다 한다. 그것은 배경지식의 부족 때문이다. 논술문제를 살펴보면 몇 개의 관련 지문을 주고 특정

사회적 현상들을 어떻게 바라보는가를 묻는 문제가 많이 출제된다. 이는 민주시민의 자질을 갖춘 생활인을 육성하는 것이 교육의 목표라는 점에 많이 부합되고 있다. 따라서, 항상 어떤 사회문제이든지 관심을 갖고 많이 알아두어야 한다. 평소에 자신이 무심히 스쳐 지나 갈 수 있는 부분들에 한 번만이라도 더 고민을 해 두었다면 한결 글쓰기가 쉬워질 것이다.

논술과 더불어 대입전형에서 중요하게 작용하고 있는 구술·면접고사는 어떻게 할 것인가?

지난 해, 나는 한 동료교사의 구술면접고사 준비 과정을 지켜볼 기회가 있었다. 학생이 칠판에 문제를 풀고 설명을 하면 잘잘못을 예리하게 지적하면서 학생의 답변을 요구했다. 학생이 혼신의 힘을 다해서 문제를 해설하는 모습을 보면서 구술·면접고사 준비가 쉬운 일은 아니구나 생각했다.

구술·면접고사는 비인지적(非認知的) 요소와 인지적 요소를 동시에 평가하는 기능이다. 수능이 쉬워지고 변별력이 떨어지면서 수능을 보완하는 대비책으로 지원 대학 및 지원 학과의 종류·수준 등에 따라 구술·면접고사가 다양하게 치러지고 있다. 지금은 과거의 기본소양 수준의 차원에서 벗어나 교과와 관련된 심층 내용을 직접 묻는 문제들이 대부분이다. 비인지적 요소는 주로 기본소양 평가를 통해 측정되는데, 이는 지원자의 인성·적성·가치관·표현 능력 등을 종합적으로 측정한다. 거기에 비하면 인지적 요소는 전공 적성 평가를 통해 측정하는데 이는 교과 지식 내용들을 심층적 차원에서 질문한다.

구술·면접고사는 대학별, 그리고 모집 단위별로 서로 다르지만 대체로 질문수가 3~5개 정도이며, 주어지는 시간은 1인당 1~5분 정도이다. 구술·면접고사가 치러지는 형식은 크게 두 종류로 나뉘는데, 일대일 패널면접 방식에서는 한 명의 지원자가 여러 명의 면접관을 돌아가면서 면접하며, 다대일(多對一) 개인면접 방식에서는 여러 명의 면접관이 한 명의 지원자에게 여러 질문을 하게 된다.

이럴 때, 유의해야 할 점들을 살펴보기로 한다.

첫째, 질문을 잘 들어야 한다. 질문의 핵심을 파악하여야 하는데 그렇지 못해 동문서답을 하면 낭패를 보기 때문이다.

둘째, 자신있게 말해야 한다. 비록 잘 알지 못할 질문일지라도 자신이 알고 있는 바를 당당한 태도로 말해야 한다. '~인 것 같다'와 같은 자신 없는 언술행위는 삼가야 한다.

셋째, 논제를 '나'에게 유리하게 이끌어야 한다. 그것이 무엇보다 중요한 전략이다. 같은 문제라도 접근하는 방식에 있어 내가 자신 있게 답변할 수 있게 유도해야 한다.

넷째, 추상적인 표현보다는 실제적이고 현실감 있게 말해야 한다. 그것이 정확한 느낌을 갖게 한다. 정확하게 자신이 알고 있는 바를 찬찬히 구체적으로 표현하는 것은 사실성을 제공하기 때문이다.

다섯째, 부족하더라도 자신의 의견을 개진하여야 한다. 일반론은 의미가 덜하다. 누구나 아는 의견은 군더더기로 인식될 수 있다. 그러므로 '나'의 의견을 당당하게 제시해야 한다.

여섯째, 마지막까지 성실하게 최선을 다해야 한다. 알지 못하다 하여 함구한다거나 질문을 외면해서는 안 된다. 끝까지 성심성의껏 충분히 답변하여야 한다. 구술·면접고사를 치르고 온 학생들의 대다수가 '무슨 말을 했는지 모르겠다'고 얘기한다. 그만큼 질문은 집중적으로 쏟아진다. 호랑이 굴에 잡혀가도 정신만 차리면 산다 하지 않던가. 끝까지 자신이 무슨 얘길 하고 있는지 자신을 읽으면서 답변할 수 있도록 배포를 키우고 최선을 다해야 한다.

누구든 처음부터 글을 잘 쓰는 사람은 없다. 나도 처음엔 원고지 13매짜리 수필 한 편 작성하는데 며칠을 끙끙 앓았다. 난 문학 청년이었다. 수시로 작문을 했었고 많은 책을 읽었다고 자부했었다. 그러나 글을 쓴다는 것은 그리 쉬운 일이 아니었다. 그만큼 글쓰기는 쉬운 일이 아니며 전공과 관련된 논리적인 글쓰기는 더더욱 어려운 일이다. 열심히 읽고 부지런히 써 볼 일이다.

10월이야기 3

−중간고사, 카르페디엠(Carpe Diem)하라.

초등학교 6학년 시절이었다. 한 여름, 선풍기조차 귀했던 그 시절, 선생님 댁에서 LP판으로 클래식을 들었다. 창문으로 들어오는 선풍기보다 더 시원한 바람을 동무삼아 선생님께서 선곡해주신 음악을 들었다. 슈베르트의 [군대 행진곡], 드볼작의 [유모레스크], 비발디의 [사계] 등. 지금 생각해 보면, 주로 클래식 소품들이 었는데 그 음악을 들으면서 고통스럽거나 지루하다 생각하지 않았다. 한 달이 넘는 여름 방학 기간, 선생님 댁을 드나들며 음악을 듣고 또 들었다.

그리고 9월, 들판의 벼들이 누른 빛을 띠며 햇살과 바람으로 익어갈 때쯤 [군내 음악감상 경연대회]에 참석했다. 10여리를 걸어서 도착한 읍내 학교는 매우 컸

다. 고사장에 들어서자 참석한 학생들은 족히 50여 명
은 되어 보였다. 긴장되었다. 각 학교 대표로서 나름대
로 준비했을 친구들이었을 테니…… 선생님도 밖에
서 안경을 매만지며 담배를 태우고 계셨다. 그러나 나
는 곧, 마음을 안정시키고 담담하게 책상에 앉아 시험
관을 기다렸다.

잠시 후에 '야전(야외전축)'을 들고 오신 감독 선생님
이 거의 백지에 가까운 시험지를 배부하시더니 야전
에 LP판을 올렸다. 긴장된 순간. 그러나 첫 곡의 선율
이 흘러 나왔을 때 나는 자신감이 솟았다. 선생님과
함께 더위를 달래며 한 달이 넘는 기간 중에 들었던
음악이 내 귓전을 때렸기 때문이었다.

시험은 얼마나 체계적으로 준비했느냐에 따라 시험
지를 받아든 순간의 마음이 달라진다. 철저히 준비하
지 않으면 낭패 보기 십상이다. 그러므로 시험은 절대
허투루 준비해서는 안 된다. 시험 기간과 시간표가 발
표되면 시험 계획표를 짜야 한다. 대부분의 학생들이
계획표를 짜지만 자신을 충분히 알지 못한 상태인지
라 욕심을 부리는 계획표를 짜게 된다. 자신에 맞는

계획표를 짜는 것이 무엇보다 중요하다. 학생이 자신의 계획을 제대로 짜지 못하면 학부모님의 도움이 필요하다. 자녀의 능력을 객관적으로 알고 있다면 계획표 짜는 일이 그리 어렵지 않다. 무엇보다 중요한 것은 계획표를 짜는 데 그치지 말고 확인하라는 말이다. 확인되지 않은 계획은 그 의미가 반감된다.

먼저, 나무를 보고 숲을 보라.

교과 공부를 할 때는 먼저 꼼꼼히 챙기는 것이 우선이다. 세밀한 부분을 제대로 알면 전체 윤곽을 짜는 데 어려움이 없다. 그러나 디테일한 부분을 알지 못한 상태에서 전체를 보는 것은 사상누각에 다름없다. 물론, 생각에 따라 시각을 달리 할 수도 있겠지만 작은 부분을 알고 있으면 크게 윤곽을 잡는 일은 어렵지 않겠기 때문이다.

두 번째, 단원별 목표를 알아야 한다.

교사는 수업을 진행하면서 단원별 목표를 중심에 놓는다. 교과 내용도 그렇게 구성되어 있다. 그러므로 시험 준비를 할 때는 단원별 목표를 공책에 꼼꼼히 기록해 보고 그 내용을 핵심 삼아 정리해야 한다. 소단원의 핵심부터 중단원, 대단원으로 옮겨가는 마인드 맵을 그려본다면 단원을 정리하는 것이 쉬워진다.

세 번째, 교과서에서 모든 것을 얻으라.

학생을 지도하다 보면 학교에서 배운 것을 외부에서 정리하려 드는 경우가 있다. 이럴 때, 참 난감하다. 학습 내용은 학교에서 교과교사에게 수업을 받았는데 정리는 그와 전혀 관계없는 외부에서 하겠다는 학생들의 발상이 참 한심스럽다. 교과 교사는 수업 시간에 중요한 부분을 강조하게 된다. 가끔은 별(★)표를 하라고도 하고, 가끔은 밑줄을 그으라고도 하고, 가끔은 첨언을 주문하기도 한다. 그렇게 설명하는 부분은 중요하다는 뜻일 터. 그러나 학생들은 스스로 그것들을 정리하기 보다는 외부에 무조건적으로 의존하는 경향을 보인다. 이는 천부당만부당한 발상이다. 교사의 설명과 교과서에서 모든 것을 해결해야 한다.

네 번째, 수업 시간에 열심히 들어라.

요즘 교사들은 수행평가방법의 일환으로 학생의 노트와 책을 검사한다. 의도는 수업시간에 열심히 들으라는 것이다. 그러나 많은 학생들이 수업시간에 딴청을 피우고는 검사를 하는 날에야 부랴부랴 친구 책을 빌려 기입하기에 바쁘다. 이런 경우 교과서에 기록된 내용들이 그리 효력을 발휘하지 못한다. 수업시간에 들려주는 교사의 농담과 우스갯소리까지 놓치지 않고 들어 두어야만 시험에 도움을 받을 수 있다. 모든 것은 하나의 궤를 형성하고 구성되기 때문이다.

다섯 번째, 나만의 방법으로 책과 노트를 사용하라.

나는 학생들에게 다양한 펜을 준비 시킨다. 그래서 수업시간에 활용하도록 한다. 책과 노트를 검사할 때에도 그 펜들을 효과적으로 활용하지 않은 학생에게는 좋은 평가를 하지 않는다. 그 이유는 중요한 부분이 눈에 띄지 않을뿐더러 효과적인 공부를 할 수 없기 때문이다. 적색 볼펜과 청색 볼펜을 적절히 사용하면 내용을 가름하여 기억하기 좋고 형광펜을 이용하여 중요한 부분을 정리하면 쉽게 기억할 수 있기 때문이다. 그래서 나만의 원칙을 정해 책과 노트를 정리하는 것은 학습에 양질의 효력을 발휘하게 된다.

여섯 번째, 시험을 보는 순간에는 당황하지 마라.

이렇게 시험을 준비했다면 어떤 것도 두렵지 않으리라. 시험장에서는 절대 당황하지 말아야 한다. 나는 평소 학생들에게 '실수' 조차도 실력이라 말하여 왔다.

또, '찍었는데 맞았다' 는 것도 실력이라고 말하여 왔다. 그건 사실이다. 왜냐하면 모든 것은 내 안에 있기 때문이다. 결정의 순간에 주저없이 선택할 수 있는 것은 내 확신이다. 그것은 학습된 것이다. 집중하여 준비하였다면 무의식 중에 작용된 학습효과가 그런 결과를 가져왔을 것이기 때문이다. 모든 것은 내가 한다. 그러므로 당황할 이유가 없다. 물론, 신중하게 문제를 분석하고 이유를 따져봐야 한다.

일곱 번째, 출제자의 의도를 파악하라.

지나치게 많은 준비를 하게 되면 학생 나름대로 고착된 문제 유형을 갖게 된다. 그래서 유사 문제가 출제되면 으레 그러려니 하고 자신의 뇌리에 각인된 문제로 접근하게 된다. 절대로 이런 오류를 범해서는 안 된다. 문제를 대하면 철저히 출제자의 의도를 파악하라. 그렇지 않으면 낭패보기 십상이다. 출제자가 요구하고 있는 부분이 무엇이고 출제자의 질문이 어디까지인지 그 한계를 가늠하는 일은 수험자의 필수사항이다. 유념해야 할 일이다.

끝으로, 시험을 카르페디엠(Carpe Diem)하라.

카르페디엠은 '삶을 즐겨라' 의 뜻을 가진 라틴어이

다. 영화 [죽은 시인의 사회]에서 키팅 선생이 학생들에게 자주 사용한 말이다. 어떤 것이든 즐겨라. 시험조차도 즐길 수 있다면 즐겨라. 그러면 삶은 아름다울 것이다. 기왕 보는 시험, 즐겁게 신나게 볼 수 있을 정도가 되면 좋은 것이다. 그럴 수 있다면 한 세상을 얻은 것이다.

11월 이야기

NOVEMBER STORY

학생들은 수행평가에 적극적으로 참여한다.
학기 초에 교과별로 제시된 평가 기준안에 의거 찬찬히
준비하기도 하지만 평가의 계절이 오면 집중적으로
준비하고 거기에 매달린다.

11월 이야기 1

─아주 중요한 수행평가

바이올린을 켜는 연경의 눈빛이 진지하다. 수일 앞으로 다가온 음악실기 수행평가를 앞두고 연경은 반주자와 호흡을 맞춰 연습하고 있다. 활을 자신 있게 내리 긋는 연경의 굳게 다문 입술이 호기롭다. 어떤 것도 할 수 있다는 태세다. 순간, 반주자와 자신의 연주가 조화를 이루지 못하자 활을 내려놓는다. 그러고는 몇 마디 조절하고 다시 호흡을 가다듬고 활을 당긴다. 이런 반복 연습을 통해 연경은 수행평가의 상위 점수를 획득할 터다.

음악 수행평가를 받는 학생들의 모습은 진지하다. 음악만이 아니다. 모든 교과가 6월과 11월이 되면 수행평가를 실시한다. 바야흐로 수행평가의 계절이다. 이 시기가 되면 학생들은 각 과목별로 제시되는 수행평가에 질식할 정도다. 그러나 딱히 방법이 없다. 모든 교사들이 활용할 수 있는 기간이 시기적으로 거의 일치할 수밖에 없는데 이는 정기고사 사이의 텀(term)을 이용하기 때문이다. 물론, 평소의 수업태도 등을 평가하는 것은 지속적으로 이루어지지만, 그도 마무리 하는 것은 시기적으로 동일선상에 놓인다. 학생과 학부모는 수행평가 과제를 시기적으로 분배해 달라고 하지만 용이하지 않은 일이다.

수행평가는 학습능력과 별개의 학생능력을 평가하는 방법이다. 제7차 교육과정에서 수행평가를 비중 있게 다루고 있는 것은 천편일률적인 지필 평가방법에 다양성을 제공하는 차원이다. 즉, 수행평가는 학교교육 정상화를 지향하고, 학생·교사에게 보다 의미 있는 교수·학습정보의 제공과 수업 개선 및 21세기 지식정보화사회에 필요한 학생의 자기 주도적 학습능력과 창의력 신장 등을 목표로 도입되었기 때문에 학습능력과는 별개의 학생 능력을 가늠한다.

학생들은 수행평가에 적극적으로 참여한다. 학기

초에 교과별로 제시된 평가 기준안에 의거 찬찬히 준비하기도 하지만 평가의 계절이 오면 집중적으로 준비하고 거기에 매달린다. 그런데 중요한 것은 학생에게만 일임하지 말라는 말이다. 학부모님의 관심이 학생의 열의에 화톳불을 지피는 격이므로 적당한 관심을 가지셔야 한다. 학생은 제시된 평가기준에 의거 길게는 한 달이 넘게, 짧게는 2~3일 정도 집중적으로 준비한다. 수행평가 성적은 가감없이 성적 그대로 입력된다는 사실을 알고 있는 학생들은 신중을 기할 수밖에 없다.

각 교과별로 수행평가 적용 기준에 차이가 있긴 하지만 대체적으로 중간고사:기말고사:수행평가의 비율은 30%:30%:40%이거나 35%:35%:30%정도이다. 여기에서 수행평가의 비율이 제법 높게 적용되고 있음은 수치로 확인할 수 있다. 중간고사와 기말고사 등의 정기고사가 100점 만점으로 평가를 받지만 실질적으로 학년말에 평어(수·우·미·양·가)를 결정하는 데 미치는 영향은 30점밖에 안 된다는 사실이다. 그러니까 정기고사의 점수는 100점 만점이지만 학년말에 30점으로 환산되어 압축 적용된다는 사실이다. 거기에 비하면 수행평가가 점유하고 있는 40%는 얼마나 중요한가를 실감할 수 있다. 40점이 그대로 적용되고 있으니 말이다. 게다가 실기가 주인 음악·미술·체육교과는 그 비율이 10%:10%:80%이거나 15%:15%:70%정도이다. 그러므로 실기교과는 수행평가가 절대적이라고 해도 과언 아니다.

이렇게 중요한 평가를 학생에게 맡겨두어서는 안 된다. 학부모님의 관심이 학생의 성적을 높일 수 있다. 지나친 간섭이 아닌 적당한 관심은 학생이 상위 성적을 거두는 데 좋은 계기가 된다. 그러기 위해서 몇 가지 학부모님이 점검해주셔야 할 것들이 있다. 물론, 교과 교사마다 그 특성이 있어 단언하기 곤란하나 전반적인 윤곽은 이런 정도이다.

먼저, 수행평가 기준안을 잘 살펴야 한다. 자녀에게 수행평가 기준안의 골자를 적어오게 해서 꼼꼼히 챙겨야 한다. 그렇지 않고 아이에게 그냥 맡겨두면 낭패를 볼 수 있다. 물론, 학교에서 수업 중 시행하는 과제가 있기도 하지만 대부분은 제법 오랜 시일을 요하는 것이므로 지속적인 관심을 가져주셔야 한다.

둘째, 시일을 엄수해야 한다. 학생들도 과제를 수행하기 쉽지 않으나 담당교사도 평가대상 학생 숫자가 많으므로 평가에 많은 시간이 소요된다. 그러니 제 때에 제출하지 않으면 불이익을 받을 수 있다. 물론, 기준안에 명기되어 있는 경우도 있지만 그렇지 않다 하더라도 구두 전달이 있을 수 있다. 그러므로 시일을 엄수해야 한다.

셋째, 분량을 지켜야 한다. A4용지 1매라고 하면 1매를 지켜서 과제를 제출해줘야 하는데 욕심을 부리는 학생들이 종종 있다. 좋은 평가를 받기 위해서 1매 이상을 써냈을지 모르나 그런 경우 오히려 감점의 요인이 되기도 한다. 그러므로 정해진 분량을 지켜야 한다.

넷째, 공동작업을 할 때는 주도적인 역할을 할 수 있도록 격려해야 한다. 사회 생활에서도 마찬가지이겠지만 어떤 일이든 주도적인 역할을 수행하게 되면 그 일에 애착을 갖게 마련이고 자신 있게 발표하게 된다. 당연히 좋은 평가를 받게 된다. 특히, 음악 실기나 미술실기 경우에는 부족하더라도 자신 있게 노래 부르고 색칠해야 한다.

다섯째, 절대로 남의 과제를 베끼지 않아야 한다. 지

난 해, 도서목록을 지정하고 독후감쓰기를 시켰는데 많은 학생들이 인터넷에서 베껴 제출하는 부작용을 경험한 적이 있다. 물론, 담당교사들은 금세 알아차린다. 우선 고등학생으로서 구사할 수 없는 어휘가 등장한다던가, 평소와 달리 문장이 매끈하다면 의심할 수밖에 없다. 조금 부족하더라도 당당하게 자신의 생각을 피력한 글이 아름답다. 절대로 타학생의 과제를 그대로 베낀다거나 인터넷에서 자료를 그대로 옮겨오는 일은 하지 않아야 한다.

이러한 수행평가에도 다소의 문제는 있다.

일단은 교사가 평가해야 하는 학생 숫자가 지나치게 많다는 사실이다. 간단한 독후감 한 편을 평가하더라도 한 학급 인원이 35명~45명 정도인데 그것을 5학급 이상을 맡다보면 평가하는데 어려움을 느끼게 된다는 사실이다.

두 번째는 수행평가가 간단히 혼자서 해결할 수 있는 것도 있지만 과제 내용이 혼자서 해결하지 못하고 모둠으로 해결해야 하는 경우이거나 부모나 선배의 도움을 통해서만 가능한 것도 있는데 이럴 때 어려움을 호소하게 된다. 모둠으로 평가를 할 때는 역할에 따라 점수가 부여되는 것이 아니라 이도 결과에 의해 평가를 받는다는 사실이다. 그러므로 어떤 도움도 주지 않고도 한두 학생의 집중적인 노력에 편승해서 좋은 점수를 부여 받는 학생도 있을 수 있고 그렇지 않은 학생이 생겨날 수도 있다.

세 번째는 과제물을 본인이 직접 작성했는지를 확인하는데 많은 어려움이 있다는 사실이다. 앞에서도 잠깐 언급했지만 어떠한 주제를 제시하여도 정보의 바다라고 하는 인터넷에서 어렵지 않게 그 해답을 찾을 수 있기 때문이다. 그러므로 교사와 학생간의 본인 확인여부 실랑이가 간간히 발생하게 된다. 이럴 때 그 평가가 쉽지 않고 난감해지기 마련이다.

네 번째는 수행평가조차도 과정이 중시되는 평가가 아니라 결과가 중시되는 평가가 되어 지필평가와 그리 다르지 않은 결과를 초래하고 있다. 수행 평가의 본질은 학생의 평소 학습 태도 등을 지속적으로 관찰하여 평가하여야 하는데 그보다는 결과에 의해 평가해내는 문제를 남기고 있어 이는 지속적으로 보완되어야 할 부분이다.

수행평가는 그 방법 면에서도, 실질적인 면에서도 많은 보완이 필요하다. 교사에게 가중되는 업무량 측면에서도, 학생들에게 부여되는 과제량 측면에서도 적절한 조정이 필요하다. 우선 수행평가는 정규수업시간을 활용하면 교사의 평가에 대한 부담을 줄일 수 있을 것이고 학생도 부담을 줄일 수 있을 것이다. 교사와 학생 모두 효율성을 높일 수 있는 방법일 것이 아니겠는가.

수행평가가 교사와 학생 모두에게 양질의 결과를 유도할 수 있는 평가가 되어야 한다.

11월 이야기 2
-수능과 내신의 행간

"선생님, 수능을 준비해야 해요? 내신을 준비해야 해요?"

며칠 전, 태훈이가 고개를 바짝 쳐들고 질문해 왔다.

"둘 다 해야지."

나는 주저 않고 단호히 대답하였다.

대부분의 학생들은 고등학교에 입학해서부터 곧바로 수능형 학습에 익숙해지려 한다. 내신성적이 중요하다고 해도 수능 성적 만큼은 아니라는 생각이 들기 때문이기도 하지만 타교육기관에 가게 되면 바로 수능형 학습으로 들어가기 때문인 듯도 하다. 그러나 그런 학생들도 중간고사나 기말고사 시간표가 발표되고 분위기가 시험 준비로 바뀌는 때가 되면 어쩔 수 없이 갈등을 겪는다. 내신 성적 준비를 하자니 그간 수능형 학습에 익숙해져 온 학생들이 몸에 익힌 패턴을 상실할까 염려하는 듯하고 수능형 학습을 지속적으로 준비하자니 내신성적이 눈에 밟히게 되는 것이다.

그러나 결과부터 얘기하자면 둘 다 포기해서는 안 된다. 두 마리 토끼를 다 잡아야 한다. 아니, 논술과 구술·면접시험까지 생각하면 세 마리 네 마리 토끼라도 잡아야 한다. 그러하기 때문에 고등학교에 진학하게 되면 학생들은 긴장상태에서 학습하게 되고 그 학습 계획을 치밀하게 짜야 한다.

그러므로 자녀가 고등학교에 진학하면 학부모는 자녀의 특성을 살피고 희망하는 대학과 학과를 결정할 수 있으면 가능한 한 빨리 결정해야 한다. 그것이 수능과 내신 사이에서 갈팡질팡하지 않는 첩경이다. 맞춤형 학습을 하게 된다면 어느 부분에 비중을 둘 것인지 어렵지 않게 결정할 수 있기 때문이다.

수도권의 상위 대학들은 대부분 내신도 상위 성적을, 수능점수도 2등급 이상을 요구하고 있다. 그렇다면 어느 부분에 초점을 맞춰 공부할 것인지 고민하고 있는 학생들은 쓸 데 없는 걱정이라는 것이 확연해진다. 정기고사 기간이 되면 고사에 최선을 다해야 한다. 물론, 가능한 한 상위 성적을 유지해야 하는 것은 자명한 사실이다. 그러므로 한 과목도 소홀히 해서는 안 된다. 어떤 대학에서는 본인의 계열과는 상관이 없지만 평어에서 '양' 과 '가'를 받으면 감점을 하기도 한다.

고등학교 1학년 때, 상위 성적을 유지한 학생이 한 번의 정기고사 실패로 내신을 포기하고 수능형 학습에 집중해야겠다는 얘기를 들은 적이 있다. 이는 위험천만한 발상이다. 1학년 성적이 중요하지 않는 건 아니지만 2학년 성적이 더 중요하고 3학년 성적은 그보다 더 비중있게 적용되기 때문이다. 그러므로 한 순간도 포기해서는 안 된다.

익환이는 내신성적에 크게 신경 쓰지 않는 학생이었다. 그는 내신 성적이 그리 좋지 않았기 때문에 3학년이 되어서는 수능형 학습에 매진했다. 교실에 끈질기게 앉아 집중하는 학습방법을 선택했다. 사설 독서실 등은 찾지도 않았으며 교실을 최대한 이용하였다. 그렇게 노력한 덕분에 수능일이 가까워지면서 치른 모의고사에서 지속적으로 상위성적을 유지할 수 있었다. 그래서 본인이 희망하는 국내 상위대학에 진학하였다.

졸업식을 며칠 앞둔 어느 날, 반창회를 하는 자리에서 익환이는 이렇게 입을 열었다.

"선생님!2학년 겨울방학에 시작해도 늦지 않아요."

자기가 원하는 대학에 진학하기 위해서 많은 시간이 필요하지 않다는 다름대로의 생각을 피력했다. 그러나 그건 '최소한의 한계'를 얘기하려는 의도였을 것이다. 익환이가 '2학년 겨울방학 때'라고 언급했던 것은 아마도 '집약적 노력'이라는, 깊이 있는 집중력으로 노력하면 1년으로도 수능에서 상위 성적을 획득할 수 있다는 얘기였다. 사실, 익환이가 얘기하는 '1년'은 뼈를 깎는 고통을 수반해야만 가능한 일이다. 1년 재수했다고 해서 결코 좋은 성적을 얻을 수 없는 것과 진배없다.

재수해서 상위 성적을 얻은 학생들은 재학 시절에도 상위 성적을 유지했던 학생이다. 하위권에 맴돌던 학생들이 1년 재수한다고 해서 최상위권 성적을 얻기란 쉬운 일이 아니다. 그러므로 나는 학생들에게 재수를 권장하지 않는다. 어떻게 생각하면 시간 낭비인 셈이다. 대다수 학생이나 학부모님은 한 해 더 기회를 부여한다면 상위 성적을 얻을 수 있으리라는 기대치를 갖는 모양이나 그것은 결코 쉽지 않다.

그러나 익환이처럼 자신의 장단점을 분명히 알고 집중력을 발휘하여 학업에 매진한다면 어렵지 않는 일일 수도 있다. 그렇지만 결코 쉬운 일은 아니다.

일단 내신 성적이 좋으면 많은 부분에서 자신감을 갖게 된다. 수시전형에 원서를 제출하여 좋은 결과를 기대할 수 있고 정시에서도 우위를 점하게 된다. 그러므로 내신 관리에 철저해야 한다. 수업 시간에 교과 담당교사의 설명을 충분히 듣고 강조사항을 염두에 두어 시험을 준비한다면 어렵지 않게 좋은 내신을 유지할 수 있으리라 생각한다. 그것을 바탕으로 수능 성적도 잘 얻어 학생이 원하는 대학, 원하는 학과에 합격할 수 있기 바란다.

DECEMBER STORY

12월 이야기

맞춤식 학습이 필요하다.
제7차 교육과정으로 치르는 수능에서는 자신이 필요한
영역과 과목을 자유롭게 선택하여 응시할 수 있다.

12월 이야기 1

-클럽활동, 그리고 축제

"선생님! 꼭 우리 동아리에 오세요. 뒤뜰이에요."

은희가 앞치마를 두르고 머리에 흰 수건을 쓴 채로 교무실 문을 빼꼼히 열고는 소리를 높인다. 음식동아리에서 부침개와 떡볶이, 꼬치 등을 파는 모양이었다.

"알았다. 꼭 가마."

나는 흔쾌히 대답하고 자리를 털고 일어선다. 축제가 이루어지고 있는 교정을 한 바퀴 휘 둘러 보고 싶었다. 운동장에서는 풍선 터뜨리기가 한창이었고 앞쪽에서는 학부모회에서 바자회를 열었다. 뒤뜰로 돌아간다. 은희가 보인다. 아롬이도 보인다. 둘은 신이 났다. 하고 싶은 일을 하는 학생들의 모습에서 생기가 돈다. 아름다운 풍경이다. 각 교실에서도 동아리별로 전시와 행사진행이 한창이리라.

고등학교 학내에서 학년을 초월해 같은 취미를 가진 학생들의 모임은 클럽활동뿐이다. 학교에서 유일하게 학습과 관련이 없고 공통된 흥미나 관심을 가진, 자발적이고 자치적인 조직체인 셈이다. 그러므로 학생들의 적극적인 참여가 있게 마련이다. 적극적이고 능동적인 활동을 하도록 하는 모임이 학내에 있다는 것은 얼마나 매력적인 일인가.

특히, 동아리는 선후배의 자연스러운 만남이 있고 그 만남으로 하여 선배들이 학교 생활의 길라잡이 역할을 하기도 한다. 그래서 클럽활동은 학내에서 가장 자유로운 만남의 광장이기도 하고 선후배간의 간격을 없애주는 관계형성의 장이기도 하다.

지난 해 졸업한 의영이는 3학년 학교 생활을 어떻게 하면 가장 알차게 할 수 있는 지 궁금했다. 담임 교사와도, 부모님하고도 상의할 수 없는, 그러니까 가까이 있는 누구로부터도 확신을 얻을 수 없는 문제를 동아리 선배로부터 얻을 수 있었다. 본인은 학교에서 오래도록 자율학습을 하는 것에 익숙하지 않았다. 오히려 집에서 혼자 집중하여 학습하는 것이 더 효과적이라 생각하고 있었다. 그러나 많은 학생들이 도서관에서 공부를 했고 자신이 도서관에서 공부를 하지 않으면 안 될 것 같은 분위기였다. 고민 끝에 동아리 선배와 대화를 나누게 되었다.

선배는 단호하게 얘기했다. 학교를 떠나지 마라. 도서실을 벗어나지 마라. 가장 집약적으로 학습할 수 있는 곳이 도서실이다. 그 이야기가 뇌리에 각인되었다. 일 년 전에 경험한, 성공한 선배의 말은 의영이에게 어떤 의심도 주지 않았다. 더군다나 2년 동안 동아리 활동을 함께 하지 않았던가. 그렇게 정신적으로 신뢰한 선배는 푯대가 되었다. 전혀 의심없이 선배의 말들을 고스란히 수용했고 그렇게 해서 성공적인 학교 생활을 마칠 수 있었다.

학창시절에는 선생님보다도, 부모님보다도, 선배나 친구의 말 한 마디가 의미 있게 다가온다. 의영이는 동아리 선배의 경험과 지혜로운 학교 생활이 어떤 것인지 굳게 믿었고 믿었던 만큼 좋은 성과를 얻을 수 있었다.

동일한 취미를 가진 학생들의 동아리. 그것은 학교

생활에서 학생들이 느낄 수 있는 압박감을 해소하고 선후배간의 인간관계를 통해 좀더 윤택하고 원활한 학교생활을 돕는다. 그러므로 적극적으로 참여할 일이다. 게다가 본인이 원하는 동아리에 가입해서 능동적이고 긍정적인 활동을 펼칠 필요가 있다. 그것이 학교 생활을 넉넉하게 하는 기제이다.

축제는 6개월 여의 취미활동을 집약적으로 모은 학생들의 장(場)이다. 평소 연습한 동아리의 특징을 교류하고 교감하기 위해 한 데 모아 그 해의 축제를 벌이는 것이다. 각 학교마다 축제를 여는 형식은 달라도 대부분의 학교에서 클럽활동 부서별로 교실을 이용하여 그 특징을 살려 전시하고 참여하게 하는 행사를 연다.

축제의 꽃은 발표회다. 재능이 많은 학생들이 자신들의 끼를 발산하는 발표회는 많은 학생의 관심의 표적이 된다. 노래를 부르고 춤을 추고 마술을 발표하는 발표회는 그야말로 용광로다. 학생들의 가슴에 터질 듯이 소용돌이치는 젊음이 발산되는 잔치다. 그러므로 무대에 서는 학생이나 객석에 앉아 있는 학생이나 하나가 된다.

그러나 과유불급(過猶不及)이라 했다. 대개의 발표회가 객석에 앉아 있는 학생들을 배려하지 못하고 무대에 선 학생에게 집중되어 있다. 그러나 보니 발표에 집중되어 방청객이 지루함을 감안하지 않는다. 지나치게 길어진 발표회가 심드렁해지는 이유가 거기에 있다. 좀더 쫀쫀한 리허설로 시간을 허투루 보내지 않아야 한다. 아무리 좋은 공연도 1시간 30분을 넘으면 관심을 끌지 못한다. 욕심을 부리지 않은 진행이 오히려 축제를 축제답게 할 것이다.

이 행사의 주체는 학생회다. 학생회에서는 일 년 학생 행사 중, 축제를 비중 있게 준비한다. 자아 발현의 장(場)이고 학교 생활의 숨통의 틔우는 장(場)이므로 화합과 협동의 장(場)이 되도록 힘써야 한다. 그러나 대개 그렇지 못하다. 교사도 학생들과 학생회의 괴리가 발생하지 않도록 자상한 관심을 쏟아야 한다. 그렇게 서로 배려하고 노력하면 축제는 그야말로 한 바탕 신나는 학생들의 마당이 되는 것이다.

12월 이야기 2
−대학수학능력평가

"선생님!

"선생님! 진인사대천명(盡人事待天命)인 듯해요."

수능을 며칠 앞두고 학생들이 하교한 교실에서 만휘와 마주 앉았다. 다른 학생들은 마지막 고비를 넘느라 남은 힘을 다해 공부하고 있는데 녀석은 유유자적이었다. 그러면서 툭 던진 한 마디가 '진인사대천명'인 것을 보면 '주사위는 던져졌다'는 심정이었던 듯하다. 이제 마음 느긋이 결전의 날을 기다리는 심정, 그것이었다. 사실, 현명한 생각이었는지 모른다. 그렇게 자신을 알고 남은 며칠을 여유롭게 준비하는 것이 오히려 시험을 잘 치를 수 있는 여건이 마련된 건 아닌가 생각했다.

그러면서 녀석은 한 마디를 더 던졌다.

"출제자의 의도를 파악하는 일이 무엇인지 알 듯해요."

나는 수능을 앞두고 자주, 출제자의 의도를 파악하는 것은 중요하다 얘기했었다. 사실 쉬운 일이 아니지만 문항을 읽고 출제자는 무엇을 질문하려 하는지를 안다면 어렵지 않게 정답을 찾을 수 있겠기 때문이다. 이렇게 문제의 핵심을 간파하기 위해서는 평소 집중해서 문제를 해결하는 능력을 길러야 한다. 그러기 위해서는 학습 태도가 중요하다. 아무리 책상에 오래 앉아 있다 할지라도 집중하지 못하면 의미는 반감된다.

[대학수학능력평가]

고등학교 3학년에게는 일생이 좌우될 시험이다. 그렇게 중요한 시험이 하루 만에 치러진다는 사실은 많은 문제점을 내포하고 있다 생각해 왔다. 적어도 일년에 두 번 이상은 고사를 치러야 학생의 학습능력을 객관적으로 평가받을 수 있을 거라 생각해 왔다. 해마다 교육과정 평가원에서 6월과 9월에 평가를 해왔다. 그것을 수능과 동일하게 처리하면 훨씬 합리적이지 않을까 생각하기도 했다. 거기에는 1회만 치르는 수능이 갖는 우연성을 배제하고 수험생의 긴장도를 낮출 수 있는 등의 여러 이점이 있다.

그런 반면 우리나라처럼 대학입학 경쟁이 과열되고, 또 대학수학능력시험이 아직 자격 기준으로 사용되기보다는 상당한 비중을 갖고 선발 기준이 되어 있는 상황에서는 2회 이상의 시험이 수험생들에게 오히려 부담으로 작용하게 될는지도 모를 우려가 있다.

이러한 대학수학능력평가가 앞으로 대학 입학 전형에서 차지하는 비중이 낮아진다면 2회 이상의 실시도 긍정적으로 검토할 수 있게 될 것이다. 그러나 이는 쉬운 일이 아니다.

"선배님! 힘내세요."

"왔노라, 보았노라. 이겼노라."

"찍은 것도 다 맞추세요."

수능일에 학교 교문 근처에 매달린 플래카드 글귀들이다. 모든 것을 건 시험이라는 생각 때문인지 학생들의 긴장감은 최고조에 달해 있다. 후배들의 격려문과 차 한 잔이 수험생들의 긴장감을 해소시킬 수 있을는지 모르겠으나 선배들을 향한 그들의 절규는 자신에게 던지는 화두인지도 모른다.

그렇다면 2005학년도 이후, 수능을 어떻게 준비해야 할 것인가.

첫째, 맞춤식 학습이 필요하다. 제7차 교육과정으로 치르는 수능에서는 자신이 필요한 영역과 과목을 자유롭게 선택하여 응시할 수 있다. 사·과탐 영역을 2과목을 선택할 것인지, 3·4과목을 선택할 것인지 정해야 한다. 그러기 위해서는 자신이 어떤 대학 어떤 학과에 진학할 것인지 분명히 해야 가능하다. 맞춤식 학습은 본인이 지망하는 3, 4개의 대학의 수능 반영 영역과 과목을 확인한 뒤 이에 맞춰 집중적으로 학습하는 것을 의미한다.

둘째, 중요한 영역과 과목을 집중 대비해야 한다. 지난 해와는 달리 언어·수리·외국어 영역의 배점이 같아지고, 표준점수를 쓰게 되면 영역별 중요도가 달라진다. 영역별 중요도는 수리·외국어·언어 영역 순이 될 가능성이 높다. 그러므로 수리 영역과 외국어 영역에 대한 집중적인 학습도 필요하다. 그리고 사회, 과학, 직탐 영역의 과목별 시험은 난이도를 고려하여 선택해서 고득점을 획득하는 것이 유리하다.

셋째, 영역별 준비시간도 학년별로 비중을 달리하는 것이 바람직하다. 수능 출제 영역, 과목의 특성과 가중치 부여 등을 고려할 때 현재 고교 1학년은 외국어와 언어에 치중하고 2학년은 수리 외국어 언어의 기초를 먼저 다진 뒤 2학년 겨울 방학부터 사회, 과학, 직업탐구에 대비하는 것이 효율적이다.

넷째, 1학년 때 배우는 국민공통기본교육과정이 수능 출제 범위에 포함되지 않는다고 해서 소홀히 하면 안 된다. 공통과정은 2, 3학년의 심화과정 학습에 필수적인 기초공부이기 때문이다. 그러므로 국민공통기본교육과정을 충분히 익혀두지 않으면 안 된다.

이렇게 준비해 두면 '진인사대천명(盡人事待天命)' 하는 마음의 여유를 갖게 될 것이다.

JANUARY STORY

1월 이야기

유념해야 할 부분은 대부분의 대학들이 전공과 관련된 지정교과의 내신 성적을 반영하는 경우가 많아질 것이므로 모든 교과를 잘 하기보다는 자신이 희망하는 학과와 관련된 교과 성적이 비교우위에 놓여야 한다.

1월 이야기 1

－2008학년도 입시 전략

2004년 10월 28일, 교육부는 2008학년도 이후의 새 대입제도를 발표했다. 학부모의 관심이 극대화되었던 것은 자명하다. 왜냐하면 대학 입시는 모든 학부모의 최대 관심사이기 때문이다. 그만큼 자녀의 일생을 좌우할 중요한 발표였다. 그러므로 면밀히 현(2004년) 중학교 3학년부터 적용되는 2008학년도 입시안을 꼼꼼히 파악하여 전략을 마련하지 않으면 낭패보기 십상이다.

가장 획기적인 방안은 대입전형에 중요하게 적용되는 것이, 내신 반영 비중을 높였다는 사실이다. 학교 내신에 동일점수를 허용하지 않고 모든 학생의 점수를 차별화하여 반영한다. 그 기록 방법은 원점수(평균·표준편차)+석차 9등급'으로 바뀐다. '내신 부풀리기' 논란을 낳았던 평어(수·우·미·양·가)와 과목별 석차는 학생부에서 사라진다. 그러므로 학생들은 현재의 공부방식을 고수하면 안 된다. 현재의 공부방식 틀 안에서 심화학습이 필요하며, 학교수업을 충실히 학습하는 것이 무엇보다 중요하다. 새 입시제도의 골자는 내신의 비중을 강화했다는 것이며 수능도 학교에서 학습한 내용 위주의 문제가 출제될 예정이다.

그러므로 2005학년도에 고등학교에 입학하는 학생들은 당장 학교에서 실시하는 정기고사(중간·기말고사)에 최선을 다해야 한다. 이러한 교육부의 방침은 교사들에게 자신있게 시험을 출제할 수 있는 권한을 부여한 셈이다. 그러므로 예년의 '성적 부풀리기'와는 관계없이 소신있는 출제로 학생들의 실력을 가늠할 일이다. 이는 상대평가인 석차등급제로 산출하기 때문에 변별력을 유지하고 있다.

그러나 이는 많은 문제를 야기할 수 있다. 학생들의 선호도가 높은 대학에서는 교육부에서 제시한 내신의 비중을 높일 것인가 하는 점이다. 그렇지 않을 수 있다. 여기에 2008학년도 입시의 맹점이 있을 수 있다.

그렇지만 아무리 비중을 낮게 한다 할지라도 내신에 대한 비중은 예전보다 더 비중이 커질 것임은 당연하다. 그러므로 내신을 소홀히 하지 않아야 한다.

이중에서 유념해야 할 부분은 대부분의 대학들이 전공과 관련된 지정교과의 내신 성적을 반영하는 경우가 많아질 것이므로 모든 교과를 잘 하기보다는 자신이 희망하는 학과와 관련된 교과 성적이 비교우위에 놓여야 한다. 그러므로 인문계열을 선택한 학생은 국어, 영어, 사회관련 교과의 성적이, 자연계열을 선택한 학생은 수학, 과학관련 교과의 성적이 높아야 한다는 것이다.

상위권 대학은 현행입시에서 크게 달라지지는 않을 것으로 사료된다. 각 학교의 특성을 고려하지 않은 내신 비중을 줄이고 논술·심층면접 등을 비중있게 적용할 것이다. 그러므로 지원계열에 해당하는 심층면접을 위한 강도 높은 학습이 필요하다. 논술은 점차적으로 영어지문이 많아지는 추세다. 그러므로 영어 독해능력이 탁월해야 함은 기본적인 조건이다.

수능의 비중이 낮아졌다고 하여도 수능은 매우 중요하다. 그래서 무시할 수 없다. 2008학년 수능 응시인원을 60만 명이라고 가정할 때, 수능 1등급은 2만4000명. 10여개 주요대학의 모집정원이 2만6000명이므로 상위권 수험생이 수능을 소홀히 해 한 등급이라도 떨어지면 원하는 대학에 지원할 수 없게 된다. 또 수능 등급은 총점 등급이 아닌 과목별 등급으로 모든 과목에서 골고루 좋은 등급을 받아야 하는 부담이 있다.

그 외 비교과 영역은 수험생이 지원하려는 학과와 관련지어 적극적이면서도 능동적인 활동을 하여야 한다. 그 영역은 대인관계(지도성 · 협동성 · 사려성), 봉사성, 내적 성숙성(정직성 · 책임감 · 성실성), 논리 · 창의력 등이다. 대인관계는 공동체 활동을 적극적으로 수행한 흔적이 있어야 한다. 학급활동, 클럽활동, 학생회활동 등에 적극 참여하면서 다양한 체험을 하도록 한다. 봉사성은 수험생이 진학하고자 하는 학과와 관련을 갖는 단체에서 지속적으로 활동하는 것이 중요하다. 내적 성숙성은 자아정체감을 확고히 하고 창의적이고 논리적인 사고가 드러날 수 있는 활동을 해야 한다. 이러한 비교과 영역은 고등학교 2학년까지 열심히 활동해 놓고 3학년이 되면 학업에 열중해야 한다.

2008학년도 입시에서 아주 중요한 사항은 [독서활동]이다. 현재(2004년) 중학교 1학년이 고등학교에 입학하는 2007학년도부터는 내신에 '교과별 독서활동'이 기록된다. 독서활동이 강화된다는 것이다. 그러므로 책을 열심히 읽어야 한다. 학교에서 선정한 도서에만 한정시키지 말고 자신이 관심을 가지고 있는 분야의 책들을 심도 있게 선택하여 읽어야 한다. 특히, 문학에만 한정된 독서를 해서는 안 된다. 점차적으로 수준 높은 책을 읽어야 한다.

그리고 독후감을 쓰는 것을 생활화해야 한다. 사실, 독후감을 쓰는 일은 쉽지 않다. 독후감의 천편일률적인 방식에서 벗어나지 못하는 독후감. 그 틀에서 벗어나 좀더 독창적이고 창의적인 글을 쓰기 위해서 학부모가 자녀에게 할 수 있는 일은 일기를 쓰게 하는 일이다. 그 분량이 많든 적든 매일 적당량의 글을 쓰는 일은 무엇보다 중요하다. 일기를 쓸 때에도 전체적인 느낌보다는 하루 중 가장 인상적인 내용을 찬찬히 그림을 그리듯 그려나가도록 지도한다면 좋은 성과를 이룰 것이다. 이 모든 것은 자녀의 대학 진학과 밀접한 관련을 가지고 있으므로 어렵지 않게 지도할 수 있으리라 믿는다.

많은 독서활동은 사고력과 창의력 증진에 큰 힘이 될 것이다. 무엇보다 아름다운 모습은 책 읽는 모습이 아니던가.

1월 이야기 2

-결혼식 주례

"**선생님**, 주례를 부탁드립니다."

느닷없이 길수 녀석이 입을 열었다. 거실 창문으로 늦가을 햇살이 비집고 드는 오훗녘이었다.

"글쎄다. 아직은 때가 아닌 것 같다."

커피 한 잔을 앞에 두고 나는 아직은 때가 이르다고, 좀더 시간을 두고 보자는 말로 결혼식 주례를 거절했다. 결혼식 주례란 누구에게든 일생에 사표가 되는 사람이 해야 한다고 생각했다. 그러나 나는 길수에게 그런 사람이 되지 못했다. 나이도 젊었고 인격적으로도 부족했다. 그래서 정중히 거절할 수밖에 없었는데 길수의 실망이 큰 듯했다. 길수가 고개를 떨구었다.

"고향 면장님께 부탁드려보면 어떨까?"

내 말을 뒤로 하고 문을 나서는 녀석의 등을 툭툭 두드려 격려해 보냈다. 그러나 녀석의 모습은 그리 가벼워 보이지 않았다. 어떻게 되었든 녀석은 용기를 내어 입을 열었을 테고 큰 용기로 내 집까지 찾아 왔을 텐데, 그 용기가 거절되었다. 많이 미안했다. 그러나 나는 녀석의 주례를 서기에는 부족함이 많은 사람이었다.

그간 가르쳐 왔던 몇몇 졸업생들이 결혼을 한다면서 소식을 전해 왔다. 그럴 때마다 소식을 접한 아이들의 결혼식에 마다않고 참석해왔다. 때로는 남해안 바닷가까지, 때로는 서울까지 불원천리하고 결혼식에 참석하곤 했다. 그럴 때마다 은사라며 환대하는 졸업생들을 보면서 이들에게 나는 진정한 교사였나 생각하면 부끄럽지 않을 수 없었다.

초임지 시절, 젊음의 열정으로 아이들을 지도하면서 많은 오류도 남겼고 부끄러운 행동도 적지 않았던 것을 기억한다. 그것은 아이들에게 상처로 남았을 텐데, 그 상처로 삶에 안타까움도 있었을 텐데, 아이들은 지금도 만나면 흔연스럽게 환대한다. 그러나 아이들의 가슴에 잉여물로 남겨진 상처를 어떻게 치유할 것인

가. 쉬운 일은 아닐 터다. 그러니 평소 학생들을 성실하게 응시하고 온유한 마음으로 감싸 안아야 하며 그윽한 눈빛으로 보살펴야 한다. 그것이 교사의 본분 아니겠는가. 어떻게 생각할지라도 나는 많이 부족한 교사임에 틀림없다.

결혼식 주례를 부탁 받으면서 나는 진정으로 아이들에게 당당하고 교사다운 행동을 했는지 자문하게 되었다. 삶의 지표가 되고 사표가 되어 아이들이 난관에 부딪쳤을 때, 그 난관을 뚫고 자신감을 획득하게 하는 힘의 원천이 되는 교사여야 하는데 그렇지 못한 듯해 마음이 무겁다. 졸업생들이 삶에 지쳐 있을 때, 찾아 가 상의할 수 있고 그런 선생님이 존재한다는 사실만으로도 기쁨이 되는 교사상을 보여주지 못해 늘 부끄럽다.

몇 해 전, 어떤 결혼식에 참석한 적이 있다. 지금껏 많은 결혼식에 참석했었지만 그렇게 정갈하고 단아하며 격조 있는 주례사를 들은 적이 없다. 참으로 인상 깊은 주례사였다. 그 선생님은 많은 이야기를 하지 않았다. "성실하게 살라, 부모님께 효도하라, 서로 이해하라, 어르신을 공경하라." 대개 결혼식 주례사에 들어 있는 말은 한 마디도 하지 않았다. 음색이 특별이 좋다거나 언성을 높이지도 않았다. 그럼에도 하객들에게 그 주례사는 쏙쏙 박혀 들었다. 그 이유는 신랑·신부 두 사람이 어떻게 만났는지, 주례가 어떤 인연으로 주례사를 하게 되었는지를 한 편의 수필을 쓰듯 담담하게 이야기하고 있었기 때문이다. 인간관계가 무엇인지 확연히 보여주는 주례사였다. 결혼이란 사람과 사람이 만나는 것이고 그 만남 위에서 인간관계가 형성되는 것이고 보면 오늘 두 사람이 만난 것은 무엇보다 중요하다는 말씀이었다. 그 결혼식이 끝나고 많은 사람들이 주례사에 대해 언급했다. 그런데 그 주례사는 준비된 게 아니라는 사실이었다. 이전에 부탁했던 주례가 급한 사정으로 못하게 되자, 하루 전에 이 선생님께 부탁하게 되었다는 것을 나중에야 들을 수 있었다. 어찌 되었든 그날의 주례사는 신랑·신부와 주례와의 관계가 함박눈이 쏟아지는 골목길 가로등 아래서, 찾아 온 제자를 전송하는 선생님의 흐뭇한 미소를 닮아 있었다.

길수의 결혼식장에 들어섰다. 그 시절, 함께 근무했던 동료들도 보였고, 그때 가르쳤던 아이들이 각지에서 모여 들어 있었다. 시골 아이들이어서인지 정이 깊어 친구 결혼식에는 꼭 참석했다. 참석한 결혼식장마다 졸업생들은 어렵지 않게 볼 수 있었다.

결혼식이 시작되었다. 사회가 길수 결혼식의 주례를 소개했다. 50대의 어른이 식장 중앙으로 걸어 들어왔다. 잘 알지 못하는 인사였다. 궁금했다. 사실, 결혼식장에 올 때부터 무엇보다 궁금했었다. 누구에게 주례를 부탁했을까. 옆에 있는 옛 동료에게 물었더니 전혀 짐작하지 못하고 있어서 길수의 친구들에게 물었다.

"결혼식장에서 추천하신 분이라는 얘길 들었는데요."

어느 한 녀석의 말을 듣는 순간, 나는 '아차' 싶었다. 길수는 그렇게 사회성이 좋은 아이는 아니었다. 부모님도 발이 넓어 여기저기에 부탁하고 그럴 분 또한 아니었다. 나에게 결혼식 주례를 부탁했을 때는 그 모든 것을 감안했을 터인데 나는 그 마음을 헤아리지 못했다. 전문으로 결혼식 주례를 서주는 사람에게 맡긴 길수의 심정은 어떠했을까. 얼마나 원망했을까. 결혼식장에 더 앉아 있을 수가 없었다. 신랑 입장. 길수가 어깨를 펴고 식장으로 들어가는 모습을 보며 나는 식장을 나오고 말았다. 하늘에 구름들이 비껴 흐르고 있었다. 휑하니 바람이 가슴을 훑고 지나갔다.

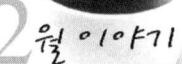

FEBRUARY STORY

2월 이야기

예수도 석가도 혁명가였다. 그들 만이었을까? 하물며
비틀즈도 히치콕도 서태지도 혁명가였다.
그들의 혁명적 언행이 없었다면 인류는 어떻게 진보했을까?
그들의 기존질서에 대한 강력한 힘의 작용이
새로운 세계를 꿈꾸게 하였다.

2월 이야기 1
−행복하고도 쓸쓸한 관계, 친구

오래 전, 한 친구가 보내온 편지 속에서 유안진 님의 수필, 『지란지교를 꿈꾸며』(문학사상, 1982년)를 읽은 적이 있다. 그 글을 읽는 순간, 참, 몽환적이다 생각했다. 이 글을 읽은, 얼마나 많은 사람들이 환상적인 친구를 꿈꿀까. 자칫 친구에 대해 심한 오해를 불러올 수도 있겠구나. 그렇게 생각했다.

물론 그런 친구가 있을 수도 있다.

"저녁을 먹고 나면 허물없이 찾아가 차 한 잔을 마시고 싶다고 말할 수 있는 친구, 비 오는 오후나 눈 내리는 밤에 고무신을 끌고 찾아가도 좋을 친구, 악의 없이 남의 얘기를 주고받고 나서도 말이 날까 걱정되지 않을 친구…[중략]…냉면을 먹을 때는 농부처럼 먹을 줄 알며, 스테이크를 자를 때는 여왕처럼 품위 있게, 군밤은 아이처럼 까먹고, 차를 마실 때는 백작보다 우아해지리라.[후략]…"

그러나 이런 친구를 쉽게 만날 수 있을까?

신경정신과 전문의 이시형님은 그의 수필 [친구]에서 친구란 별다를 게 없다고 토로한다.

"친구는 멀리 있지 않다. 네 곁에서 여드름을 짜고 있는 녀석, 입을 벌리고 졸고 있는 녀석이 친구이다." 고 정의한다.

이 글들을 읽으면서 진정한 친구의 의미란 무엇인가를 생각한 적이 있다.

꿈과 현실 사이의 행간을 읽는 일은 그리 어렵지 않다. 이상(理想)속 틀에 맞춰진 친구와 실생활에서 험담도 하고 말다툼도 하는 친구와는 많은 격차가 있게 마련이다. 그럼에도 학생들은 전자(前者)에만 깊은 관심을 갖게 마련이고 그것이 자연스러운 현상이라 생각한다. 그러나 좋은 친구를 만나기란 그리 녹록한 일이 아니다.

청소년기의 학생들에게 친구는 절대적이다. 나에게 문제가 발생하면 누구와 가장 먼저 상의하겠는가 하는 질문에 80% 이상의 학생들이 '친구'라 대답했다. 그만큼 고교생에게 친구는 중요한 존재이다.

그럼에도 불구하고 교실에서 '따돌림' 문제는 발생한다. 그 발생 이유는 다양하다. 그러나 교실에서 보이게, 또는 보이지 않게 따돌림 문제가 발생한다는 사실을 간과할 수 없다. 이러한 문제가 발생하지 않기 위해 학생과 교사, 학부모가 함께 관심을 가져야 한다. 한국교육개발원이 초·중생을 대상으로 조사한 결과 따돌림 시키는 주된 이유는 '장난삼아서'(46.2%), '재미있어서'(41.4%)였다. 피해학생을 죽음까지 몰고 갈 수 있는 따돌림에 대해 학생들의 생각이 이렇게 가볍다 생각하니 놀랍지 않을 수 없다.

따돌림을 당하는 학생의 특징은 도드라지는 부분이 없지 않다. 이를 테면, 지나치게 자신만을 알거나 주위를 살피지 않거나 잘난 척하는 학생이 그런 경우이다. 그러나 일반적으로 따돌림을 당하는 학생들이 특별하지 않다는데 그 심각성이 더한다.

그런데 중요한 건 '따돌림 대상자'가 만들어지는 게 순간이라는 사실이다. 누군가에 의해서 의도적으로 만들어지기도 하지만 대부분 순간적으로 만들어지는 게 통례이다. 책임질 상황이 아닌, 어느 순간에 누군가에 의해 만들어진다는 것이다. 이렇다 보니 '따돌림'에는 가해자는 없고 피해자만 있게 마련이다. 가해자라고 지칭해도 자신이 절대 그런 의도가 없다고 하면 누가 책임지게 할 수 있겠는가. 피해자는 생사의 기로에서 절대적 고독감에 휩싸인다. 사람이 살아가는 근간은 관계 형성이다. 그런데 그 관계가 단절된 채로 남겨진다면 삶의 의미를 상실하게 될 것이다.

누구든 절박하고 간절한 심정이 들면 자신을 위안받을 수 있는 방책을 마련하게 된다. 경쟁사회, 남들보다 더 좋은 대학에 진학해야한다는 강박에 빠지면 자기 스스로 패배자나 피해자가 되는 것이 두려워 오히려 자기가 두렵고 무서운 존재가 되려 한다. 그러면 더 이상 피해자가 되는 것에 대한 두려움을 느끼지 않아도 되기에 다른 사람을 가해하게 된다. 이를 정신의학적 용어로는 '공격자와의 동일시(identification with aggressor)'라 한다. 이런 일은 발생하지 않아야 한다.

살아가면서 고등학교 때처럼 아름다운 시절은 없다. 그 아름다운 풍경 속에는 늘 친구가 있다. 다시는 돌아올 수 없는 고등학교 시절을 생각 만해도 가슴이 미어지도록, 애틋하고 따뜻한 그리움이 솟도록 만드는 것은 친구뿐이다. 그렇다면 친구를 사랑해야 할 것이다. 그것은 스스로 온기 넘치는 분위기를 만들어 따뜻하게 배려하고 감싸 안아야 한다. 그것만이 '따돌림' 현상을 없앨 수 있다.

다시 돌이킬 수 없는 고교시절. 그 청소년기(14세~19세)에 누릴 수 있는 풋풋한 감성들을 만끽할 필요가 있다. 일찍 어른이 되고 싶어 안달하는 청소년이 많을수록 그 사회는 건강하지 못하다. 청소년이 청소년답게 밝고 맑게 생활하는 것은 청소년기의 학생이 누릴 수 있는 특권이다. 그 권리를 마음껏 누리는데 좋은 친구가 늘 함께 하기 바란다.

2월 이야기 2

−자기혁명을 꿈꾸라.

우주 공간에 떠 있는 우주비행사는 추진용 개스가 떨어지거나 유인용 끈이 끊어지면 우주 미아가 되고 만다. 우주 공간에서는 관성의 힘이 작용하지 않기 때문이다. 물체란 원래 운동 상태를 유지시키려는 성질이 있다. 이는 운동 상태가 변하는 것에 저항하려는 성질이기도 한데 이러한 성질을 관성이라 한다.

이러한 관성의 법칙이 외형적 물체에만 적용되는 것은 아닌 모양이다. 인간의 의식 작용도 이 관성의 법칙에서 자유로울 수는 없다. 아니, 어떤 측면에서 보면 오히려 상황과 절묘하게 맞아떨어지고 있다고 여겨도 틀리지 않다.

환경이 바뀌면 사람들은 새 환경에 거부 반응을 보

인다. 그 거부는 지나간 시간을 추억하고 그 습성으로
부터 벗어나고 싶지 않다는 완고성의 다른 이름이다.
그런데 이 거부가 사회 구성원간의 융화를 해치는 수
준에 이른다면 심각한 사태를 불러 올 수 있다.

「꼭 그 일을 해야 하나요? 하지 않아도 큰 문제가 발
생하는 것은 아니잖아요? 전에는 이런 일 하지 않았는
데.」

가끔 그렇게 대꾸해 오는 상대를 만나면 참 난감해
진다.

인간은 지극히 나약한 존재라서 자신을 스스로 경
계하지 않으면 자연스럽게 게으름의 경계 안에 갇히
게 된다. 게다가 그 정도가 심해지면 경계에서 빠져
나오기 곤란하다. 그 안일함에 탐닉하는 게으른 관성
을 우리는 어떻게 평가해야 할까?

최근 몇 년 동안 벤처기업이 우후죽순처럼 생겨났
다. 이전까지는 대기업에서 잔뼈가 굵어지면 관리직으
로 승진하는 것이 성공의 비결이었으나 거대 조직체
에 대한 관성의 힘으로 벤처기업이 등장하게 되었다.

벤처는 관성의 적절한 일탈이다. 벤처정신. 그것은
관성에 작용하는 강력한 힘이다. 새로운 세계는 어느

날 갑자기 등장하는 것이 아니다. 오랜 동안 지속되어 온 한 사회의 구성원과 향기 등으로부터 자신을 발견하는 어떤 강인한 힘에 의해 발견된다. 그런 측면에서 벤처는 혁명과 통한다.

혁명은 관성의 힘에 대한 저항으로 생겨난 의식의 폭발이다. 그 원인이 정치적이든 경제적이든 문화적이든 관성이 갖는 지난함에서 벗어나는 길은 혁명적 사고뿐이다. 혁명을 두려워한다면 이 사회는 퇴보할 것이다. 혁명만이 이 사회를 지탱하는 근간이다. 혁명적 사고를 가진 구성원이 많으면 많을수록 그 집단은 일취월장할 것이다.

늘 혁명을 꿈꾸라!

그 일탈의 세계가 갖는 불확실성은 가능성과의 절충을 통해 삶에 희망을 제시한다. 혁명은 불안이다. 그 불안을 두려워하면 안정 또한 없다. 혁명은 불안과 안정의 행간에 놓여 있다.

젊을수록 혁명을 꿈꿀 확률이 높다. 젊은이라고 모

두 혁명을 꿈꾸는 것은 아니지만, 또 젊지 않다고 혁명을 꿈꾸지 않는 것은 아니지만 젊은이일수록 혁명적 사고를 쉽게 수용한다는 말이겠다. 젊은이에게 혁명의 의지가 없다면 젊음의 전부를 잃었다 해도 지나치지 않고, 젊지 않음에도 혁명을 꿈꾼다면 젊음을 얻었다 해도 지나치지 않다. 혁명은 소용돌이치는 세계이고 희열의 광장이며 열락의 꽃밭이다.

예수도 석가도 혁명가였다. 그들 만이었을까? 하물며 비틀즈도 히치콕도 서태지도 혁명가였다. 그들의 혁명적 언행이 없었다면 인류는 어떻게 진보했을까? 그들의 기존질서에 대한 강력한 힘의 작용이 새로운 세계를 꿈꾸게 하였다. 그 세계가 인간으로 하여금 자각의식을 갖도록 일깨웠고 그 결과, 인간은 자기 응시의 눈을 갖게 되었다. 그 응시가 인류발전의 초석이 되었음은 부인할 수 없다.

40세를 넘기면서 대부분의 가장(家長)들은 한 번쯤 고민에 빠진다. 인생의 전환기에 접어들면서 삶에 대한 혁명적 고뇌에 깊이 사로잡히게 된다는 뜻이다. 일상적인, 샐러리맨 생활에 회의가 들면서 새로운 세계에 진출하고 싶은 용솟음치는 욕구를 느낀다. 일생에서 한 번쯤 자신의 삶을 과감히 뿌리치고 새 세계에 접근하고자 하는 용기는 그것이 성공의 결과를 가져 오든 그렇지 않든 매우 중요하다.

스펜서 존슨(Spencer Johnson)『누가 내 치즈를 옮겼을 까』에서 '사라진 치즈'와 '새 치즈'를 통해 관성의 법 칙을 적나라하게 보여주고 있다. '새 치즈'를 얻기까 지 '두려움'은 주위를 배회한다. 관성의 힘은 두려움 을 대척점에 둔다. 이 책의 저자 스펜서 존슨은 '편안 한 곳에서 외부와 격리된 삶을 사는 것보다는 스스로 선택하는 삶을 사는 것이 가장 안전하다'고 웅변한다. 그러므로 남들이 선택하지 않은 길을 선택하라. 그것 이 나를 발견하는 길이고 나를 세울 수 있는 길이다.

물체에 가해지는 힘에 의해 상태가 바뀌지 않는다 면 정지해 있는 물체는 계속해서 정지해 있고 운동하 는 물체는 직선으로 같은 운동을 계속하게 되듯이 인 간은 움직이고자 하지 않는다. 안주하려 한다. 그러나 우리는 늘 자기 혁명을 꿈꾸어야 한다. 그러면 새 세 상이 열리고 열락의 성취감이 가슴을 채우리라.

매일, 아니, 순간순간, 혁명을 꿈꾸라.

EPISODE STORY  에피소드

에피소드 1
–이상적인 학교 풍경

벚꽃잎을 밟는다. 떨어진 꽃잎들이 눈길인 듯 하얗
다. 걸음이 가볍다. 교문에서 교사(校舍)의 현관까지 그
렇게 꽃잎을 밟으며 걷는다. 더 이상 눈을 아래에만
둘 수 없다. 눈을 쳐든다. 꽃잎들을 쏟고 있는 벚나무
를 올려 보노라치면 황홀경이 따로 없다. 쏟아지는 꽃
잎을 쳐다보며 나뭇가지들의 터진 틈으로 보이는 푸
른 하늘을 본다. 그 하늘을 가득 메우며 쏟아지는 꽃
잎들. 그 길을 걸으며 학생들이 등교한다. 꿈을 꾼다.
그 꿈은 푸르다 못해 하얗다.

그 학교는 그렇게 아름다운 풍경을 가지고 있었다.
아름드리 벚나무가 꽃을 피우는 학교. 80년이 넘는 역

사만큼 각종 나무들이 녹음을 무성히 만들었고 특히, 봄이 되면 막대풍선처럼 부풀어 오르는 벚꽃들이 피어 학교가 풍성해졌다. 벚꽃은 사람들을 끌어 모았다. 학교는 공원이 되었다. 시민들이 학교로 몰려 들어 자연의 향연을 만끽했다. 벚꽃만이 아니었다. 각종 나무가 무성한 학교는 사시(四時) 풍요로웠다. 더불어 각종 꽃들을 피웠다.

벚꽃길 오른쪽으로 도서관과 음악실, 그리고 체육관이 자리했다. 교문에서 오른쪽으로 바로 이어지는 도서관에 이르는 길은 시(詩)가 흘렀다. 적당히 여유로운 둔덕을 가지고 펼쳐진 금잔디. 융단처럼 널린 그 금잔디 밭을 걸어 닿은 곳이 도서관이었다. 자연스레 시를 읊조릴만큼 여유로운 공간이었다. 바람이 좋거나 햇살이 적당이 내리 쬐는 날이면 학생들은 그 도서관 앞에서 해바라기를 했다. 점심시간이나 방과 후가 되면 학생들은 그곳에 삼삼오오 모여 담소를 나누기도 하고 장난을 치는 곳이기도 했다. 가을이 되어 축제가 열릴 때면, 시화전의 단골 장소이기도 했다. 타 학교 학생들이 방문해서는 그 공간을 가장 부러워했다. 그 잔디밭에서 학생들은 꿈을 키워갔다. 시인과 소설가를 꿈꾸고 극작가를 꿈꿨다. 도서관 앞 잔디밭은 학생들이 호젓이 찾는 오붓한 공간이었다.

　오래되어 조금은 낡았지만 도서관 2층 열람실은 여유로웠다. 온통 창으로 된 그곳에서는 도시가 보였고 밤이면 고즈넉하게 마음을 가라앉힐 수 있었다. 1층 도서관에서 책을 빌려 2층 열람실에 앉아 독서하거나 공부하는 학생들의 모습은 환경이 가져다 준 아름다운 풍경이었다. 가끔은 오래도록 바깥에 시선을 던져두고 있는 학생을 보는 것이 익숙했다.

　그 도서관 곁에 음악실이 있었다. 도서관에서 그리 멀지 않게 자리한 음악실. 짙은 숲은 이곳에서 시작했다. 음악실에서 들려오는 관·현악기 소리가 방과 후 학교를 살아 있게 했다. 관악반과 현악반의 방과 후의 음악 활동은 학교의 자랑거리였다.

　그 음악실 앞의 작은 분수대는 야외 학습장이었다. 숲이 짙어서 여름에도 서늘하게 공기가 도는 곳. 신기하게도 그곳만 지나치면 서늘한 기운이 돌았다. 물론, 분수대는 크지 않고 아주 작았다. 미미해서 의식하지 못하고 지나칠 정도였지만 칙칙거리며 돌아가는 분수대는 촌스러우면서도 아담했다. 그 분수대 주변으로 놓은 벤치는 여름날 야외 수업 공간으로는 최적이었다.

그 분수대 뒤편으로 체육관이 있었다. 농구부원의 고함소리가 끊이지 않는 곳이기도 했지만 체육관이 아름다운 것은 그 앞에 버티고 서 있는 '은목서'였다. 은목서. 참 이름도 깔끔하고 우아했다. 그렇게 큰 '은목서'는 없었다. 어찌나 컸던지 한 눈에 다 담지 못할 정도였다. 그 나무에 꽃이 피는 10월이 되면 학내는 온통 목서향으로 가득찼다. 난 아직도 그 '은목서'를 생각하면 짙은 목서향이 코끝에 강하게 맺히는 것을 느낀다.

은목서와 더불어 더 아름다운 향기를 내뿜는 나무는 '금목서'였다. 교무실 앞에 서 있는 그 금목서가 향기를 내뿜기 시작하면 교내는 말 그대로 향기 천지였다. 향수를 뿌려놓은 듯 향기로 진동하는 학교는 포근하고 그윽한 분위기를 갖는다. 향기는 학생들의 가슴에 박혀서 학생들의 얼굴에서 보석처럼 빛나는 웃음을 만들어 내었다.

그 학교의 본관 앞에는 아름드리 벗나무와 삼나무가 어깨를 겯고 서 있었다. 앞서거니뒤서거니 서 있는 나무들, 그 짙은 숲 사이로 벤치가 놓여 있었다. 학생들은 그 벤치에 앉아 뛰는 젊음을 노래했다. 그 노래는 교실을 거쳐 하늘로 치달아 올랐다. 2층 교무실 창가에서 내려다보면 그 풍경은 고즈넉했다. 그래서 언젠가는 한 번쯤 여유롭게 앉아 담소를 나눠보리라 생각했지만 그 학교를 떠나올 때까지 나는 차분히 앉아 있을 수 있는 여유를 갖지 못하고 말았다.

벚꽃이 지면 교문에서 현관에 이르는 200여m에 철쭉이 피었다. 지금은 어떻게 변했는지 모르겠지만 그 풍경만으로도 아름다운 모습을 유지하고 있었다. 철쭉이 피어 수줍은 듯 봄기운이 바위 틈 사이로 잦아들면 학교는 그윽해졌다.

일년 사시(四時), 꽃이 지지 않는 학교. 어떤 학교의 모습이 그럴 수 있을까. 그 학교는 한 겨울을 제외하고는 꽃이 지천으로 피었다. 그런 학교 환경에서 학습할 수 있는 기회가 모든 학생들에게 제공되었으면 하는 바람이다. 그러나 어디 그게 쉬운 일인가. 도시에 들어서는 학교는 겨우 교사(校舍)와 운동장이 전부다. 비좁은 학교공간에서 몸을 부대끼는 학생들의 모습을 보면 안타깝기 그지없다.

요즘 신도시 학교의 부족한 시설에 비하면 그 원시적인 공간들이 한없이 부럽기만 하다. 400m 트랙이 나올 정도의 널찍한 운동장과 6월이 되면, 쏟아지는 폭포수처럼 피어 있는 운동장 가의 등꽃, 그 아래로 여유롭게 펼쳐진 벤치들. 야외 학습장인 공간에서 학생들의 넉넉한 마음들이 꽃과 함께 피어났다.

학교 공간은 여유로워야 한다. 무엇보다 여유로운 공간이 학생들의 동선에 느긋함을 만들고 그들의 사고에도 여유가 깃들게 된다. 넉넉한 학교생활이 학생들의 원대한 꿈을 키우고 이 나라의 동량(棟梁)이 되게 하는 원천이 되리라 생각한다. 그러하지 못한 최근의 학교 환경은 안타깝지 않을 수 없다.

에피소드 2
- 학생과 교사의 관계

"선생님! 제가 열공할 수 있도록 호된 꾸지람을 주십시오."

한 학생으로부터 문자 메시지를 받았다. 나무랄 데 없이 반듯한 학생의 메시지였기에 다소 당황스러웠다. 꾸지람을 받을 만큼 자신을 허술하게 놔두는 학생도 아니었고 내 눈에도 그렇게 비치지 않은 학생이었다. 오히려 학습 계획을 잘 짜서 꾸준히 공부하고 묵묵히 자기 일을 처리하는 학생이었다.

그러나 최근 이런 학생은 드물다. 자기를 단호하게 꾸짖어 줄 것을 요구하는 학생이 몇 이나 있을까? 워낙 귀하게 자란 탓에 요즘 학생들은 자신이 잘못했음에도 교사로부터 꾸지람을 받으면 싫은 내색을 스스럼없이 드러내기 때문이다. 학교 규정에 어긋난 복장이나 두발 상태 등을 꾸짖으면 학생들은 순순히 따르지 않는다. 그뿐만이 아니다. 교사의 지도에도 제대로 따르지 않아 선생님들의 고충이 말이 아니다. 이런 학생들의 도덕 불감증은 많은 문제를 안고 있다. 그래서 경우에 따라서는 교사가 분명하게 학생의 잘잘못을 따져서 지도하지 않는 경우도 발생한다.

교실 풍경을 들여다 본다.

교과 교사가 교실에 들어서면 학생들은 자기 얘기에 빠져있다. 시작종이 쳤는지, 교과담당교사가 교실에 들어왔는지 관심 없다. 교사가 교실에 들어왔어도 학생들은 자기들의 수다를 결코 중단하지 않는다. 선생님이 들어오셨으니 조용히 하고 자리에 앉아야겠다는 생각을 거의 하지 않는다는 말씀이다. 이런 모습을 보고 있는 교사의 심정은 착잡하다. 교사가 출석을 부를라치면 그제서야 사물함으로 교과서와 공책을 가지러 가는 학생이 부지기수다.

언젠가부터 교실의 모습이 이렇게 변하기 시작했다. 예전의 교실 모습을 찾기 힘들다. 이는 전혀 바람직하지 않다. 학생들은 수업 시작종이 울리면 빠른 시간

안에 자리에 앉은 후, 책을 펴고 조용히 선생님을 기다려야한다. 그래야 학습 분위기가 제대로 갖춰진 상태에서 학습이 진행될 것이다. 그러나 지금은 학생들을 조용히 시키고 학습 분위기를 만드는데 제법 많은 시간을 할애한다. 학부모들은 이런 모습을 교사 탓으로 돌릴 수도 있다. 물론, 그렇지 않다고 변명하지 않는다. 그렇지만 평소 아주 엄격하게 학생들을 지도해 온 교사의 경우에도 별반 다르지 않다.

이런 모습은 교사가 평소 학생들의 지도를 완화시키고 잘못을 꾸지람하지 않아서가 아니다. 가정에서 아버지의 모습이 붕괴된 것처럼 교실에서도 교사의 위엄은 사라졌다 해도 지나치지 않다. 교사를 무서워하는 것이 아니라 어려워할 줄 알고 그 가르침을 순순히 수용하기를 바라는 것이다. 어른을 공경할 줄 모른다.

요즘 학생들은 자기를 가르치는 교사가 아니면 같은 학교에 재직하는 분이라도 인사하지 않는다. 언젠가부터 그런 것이 자연스레 변했고 인사지도를 해도 잠깐이다. 교사의 지도를 가감없이 수용하고 고치려고 하는 학생이 많아질수록 학교는 맑고 밝은 분위기를 유지하게 될 것이다. 이러한 전인교육 학습이 학생들을 온건한 사회인으로 성장할 수 있게 할 것이다.

흔히들 교육의 질은 교사의 질을 능가할 수 없다고 한다. 교사의 꾸준한 관심이 학생을 변화시키고 그 변화가 교실을 바꿀 것이라고 생각한다. 이는 지나치게 교사에게 편중된 교육관이다. 교육은 교사 혼자 하는 것이 아니다. 교육은 교사와 학생과 학부모가 함께 하는 것이다. 가정과 학교에서 교육이 동시에 이루어지면 교육은 급성장하게 되어 있다. 그럼에도 모든 교육 권한을 교사에게 국한 시키는 것은 문제가 있다 생각한다.

물론, 교사의 지나친 권위주의적 사고방식은 바뀌어야 한다. 자율적이고 참여적인 사고 방식을 가져야 한다. 그러나 아무리 자율적이고 참여적인 방식이라 할지라도 교사의 지도를 잘 수용할 수 있어야 한다.

그래서 교사는 열린 마음으로 솔선수범하여 행동하여야 하고, 안내자나 협조자로서의 열할을 수행해야 하며, 모든 문제를 능동적이고 창의적으로 처리해야 한다. 또한 지시하고 통제하기 보다는 토의하고 안내하여야 하고 삶의 방향을 제시하고 비전을 제시해 주는, 인생의 안내자로서 역할을 충실히 하는 모습을 보여야 한다.

그간 존경받는 교사의 모습이 이러했다.

30년 만에 초등학교 선생님을 모시고 그 학교, 그 교실에서 동창회를 열었다는 신문기사를 가끔 보곤 한다. 그런 기사를 대하노라면 마음이 훈훈하다. 그 속에는 맑고 밝은 정서가 녹아 있다. 아름다운 기억만의 모임은 아닐 터다. 많은 정서가 혼재되어 있을 것이다. 그러나 세월이 흐르면서 어느 부분은 잊혀지고 어느 부분은 더 선명해지는 기쁨으로 모였으리라. 모여서 용서하고 화해하고 기뻐하고 즐거워하리라. 교육이란 백년지대계(百年之大計) 아니던가.

도처가 행복이다. 지금의 혼잡스런 교실 풍경도 지나고 보면 애틋하게 기억될 것이다. 교사와 학생이 아니라 스승과 제자로 만나게 되는 그날, 우리는 넉넉한 마음으로 기억하게 되리라 생각한다.

에피소드 3

– 초임지 가정방문, 그 추억 여행

자전거

자전거 패달을 밟는다. 교문을 빠져나가 양정리 쪽으로 천천히 길을 잡는다. 성희집 방앗간을 돌아든다. 봄날 햇살이 따갑다. 자갈길을 달린다. 바퀴에 채이는 돌들 때문에 길에서 한 시도 눈을 뗄 수 없다. 오늘은 동리에서 예락리를 거쳐 양정리까지 다녀와야 한다. 먼저 학교를 빠져나간 아이들이 마을 입구에서 나를 기다리고 있을 터다. 학교에 들어 선 첫날, 그날의 긴장감이 돈다.

아이들이나 나나 팽팽한 긴장감을 어찌하지 못했다. 그러나 나에 비하면 아이들의 긴장감은 얼마나 풋풋했는가. 순박하면서 맑은 눈동자들. 그 아이들의 눈에서 나는 희망을 읽었다. 자전거는 비틀거리면서도 구

불구불한 길을 달린다. 길가 논에는 이른 모종이 한창이다. 못자리마다 실바늘을 닮은 연초록 벼들이 눈이 시리게 푸르다. 논둑에 매어놓은 염소가 매매거리며 운다. 아직 물을 대지 않은 논에 자운영이 한 가득 화사하다. 멀리 하늘에 구름들이 비껴 달린다.

동리 입구에 닿는다. 아이들이 달려 나온다. 우리반 아이들만이 아니다. 하숙이, 화종이. 약속이나 한 듯 아이들은 순서를 정해서 집집으로 안내한다. 바쁜 농사철에 부모님은 집에 계시지 않는다. 논에서 일하시던 화종이 어머니는 부리나케 달려와서는 씻은 손을 쓱쓱 몸뻬에 문지르시고는 툇마루에 앉는다. 햇살이 다숩다. 화종이의 학교 생활, 친구관계, 학교 성적 등, 별로 유별날 것도 없고 특별하지도 않을 얘기들을 나누고 있노라면 어머니는 뭔가를 대접하지 못해 송구스러워 하신다. 음료 한 잔을 훌쩍 마시고는 화종이가 공부하는 방안을 둘러보고 사립을 나선다. 어머니는 사립 밖에서 한참이나 서 계시다 다시 논으로 나가신다.

바쁜 농촌에서 잠깐의 짬을 내기란 쉬운 일이 아닐 터. 열일 제박사하고 담임의 방문을 환대한 어머니는 마음에 부담이 크셨을 것이다. 하숙이 집을 들른다. 부모님이 출타하시어 공부방만 잠깐 둘러 보고 예락리로 향한다. 하숙이는 몸둘 바를 몰라 한다. 수줍고 단아한 하숙이는 언제나 모범생 모습 그대로이다.

천주교 교당이 있는 그곳은 세례명을 가진 아이들이 많았다. 옆반의 분다가 그렇다. 그집 아이들은 다 그렇게 독특한 이름들이다. 알고 보니 세례명이었다. 오래 전에 들어선 성당의 영향으로 천주교인이 매우 많은 마을이었다. 그곳에는 길수가 있다. 길수는 다른 아이에 비해 몸집도 크고 조숙했다. 그래서 생활지도에 조금은 신경이 쓰이는 아이다. 대문을 들어선다. 아버지께서 나를 맞으신다. 길수 어머니께서는 오래 전부터 몸이 편찮으셨다. 어머니께서 몸져 누워 있는 안방을 나와 길수 방으로 간다. 동생과 함께 쓰는 방은 허름하다. 공부방이라기보다는 휴식처라고 보는 것이 나을 성싶다. 아버지는 길수의 이런저런 상황을 설명하신다. 아버지의 도타운 정이 묻어난다. 그 맑고 순박하신 눈빛이 지금도 아련하다.

길수는 다른 아이들보다 조숙해서 이성에 대한 관심도 강했다. 그때문에 나에게 호된 꾸지람을 들은 적

도 있었다. 아버지께서는 담임선생님이 오셨는데 드
릴 게 없다시면서 집에서 가꾼 고구마를 주시겠단다.
아버지의 선심을 뒤로 하고 마을을 나와 이웃, 양정리
로 옮겼다. 며칠 후에 집으로 배달된 고구마는 반쯤
상해 있었지만 동료 교사들과 함께 하는 즐거움이 있
었다.

양정리에 닿았다. 이날 가정방문의 마지막 마을이
다. 미소가 수줍은 명화, 당당하고 야무진 명희가 있는
곳이다. 물론, 옥금이가 있는 마을, 나는 오늘 누구보
다 옥금이 집에 가야 한다. 중국의 채석강을 닮아 아
름답다고 하는, 양정리에 들어서자 짭쪼름한 갯내음
이 코를 후비고 든다. 해가 뉘엿뉘엿 채석강 위로 떨
어지고 있다. 급한 마음으로 옥금이 집으로 들어선다.
옥금이는 며칠 째 결석이었다. 학교 가는 것을 포기하
겠다고 했다. 이번의 방문이 처음은 아니다. 일 주일에
두어 번, 방과 후, 옥금이 집을 방문했었다.

옥금이는 여덟 살 때, 뇌염에 걸려 반신불수가 되었
다. 걷는 것도 자유롭지 못했고 말도 어눌했다. 특수학
교에 다닐 엄두를 내지 못해서 친구들과 함께 교육과
정을 함께 하다 보니 많은 부분에서 부족했다. 한글도

제대로 익히지 못해서 나와 함께 한글을 깨우쳐가고 있었다. 그러던 어느 날부터 학교에 다니는 것을 부끄러워했다. 아마도 사춘기가 오면서 자의식이 싹 터 그랬을 것이다.

툇마루에 앉아 옥금 아버지의 설명을 들었다. 인근에 있는 특수학교를 알아보고 있는 중이니 조만간 학교를 그만 두어야겠다는 말씀이었다. 나는 그만 둘 때는 그만 두더라도 학교는 나왔으면 좋겠다고 말씀드렸다. 옥금이도 거의 마음을 굳힌 듯했다. 노을이 지고 있었다. 바다 내음이 나는 노을은 옥금이 마음에서도 그렇게 지고 있어 보였다.

그 옥금이의 소식을 십수 년이 지난 다음, 서울발 목포행 열차 간에서 들을 수 있었다. 결혼해서 잘 산다는……. 옥금이의 동생은 열차간에서 나를 발견하고 내 자리까지 와서 언니의 소식을 들려주고 갔고 사진 한 장을 억지스럽게 뺏어 갔다.

양정리 그곳에서 옥금이 아버지의 이야기를 듣고 자전거를 끌고 학교로 향했다. 달빛이 밝았다. 열 사흘 달빛은 미련처럼 마을 쪽으로 그림자를 드리웠고 예락리에서부터 따라온 길수가 뒤따르고 있다. 아무 말

없이 예락리로 통하는 삼거리에 닿을 즈음 아이들을 돌려 보내고 자전거에 올라 탔다. 돌아오는 길이 쓸쓸했다.

　그러나 가정방문은 아이들을 진솔하게 알 수 있다. 거짓 없이 있는 그대로 집과 아이들의 환경을 보고 판단할 수 있는, 그렇게 가정방문을 하던 날들이 있었다.

에피소드 4
–교실을 풋풋하게 만드는 교생

그들이 온다.

교사가 될 꿈을 꾸는 교생. 5월이 되면 대부분의 학교에 교생이 온다. 자고로 교생 철이다. 학생들은 자기들과의 교감이 더 잘 될 것이라는 기대감으로 그들을 환대한다. 학급마다 술렁댄다. 얼마나 멋지고 예쁜 교생이 자기 반에 배정될까 궁금해 하면서 기대감을 낮추지 않는다.

교생은 고등학교 시절, 네잎 클로버나 시계풀꽃처럼 풋풋하다. 정해진 시간에 정해진 선생님들을 보다가 산뜻한 느낌의 교생들을 보면 학생들은 그들에게 푹 빠진다. 뭔가 색다른 느낌을 갖게 되는 것이다. 한 달 동안 교생이 학교에 남기고 간 것들은 잔잔하지만 파문으로 남아 있다.

우리 반에 교생이 왔다. 깜찍하고 예쁜 느낌을 가진 교생을 보면서 학생들은 환호작약했다. 어떤 학생은 그 곁에서 잠시도 떠나지 않는 눈치다. 교생실에 가서는 이유없이 불러내 음료를 전달하고 이야기를 걸어 보는 것도 같았다. 아마도 이웃집 누이처럼 편하게 대할 수 있으리라는 생각을 갖는 모양이었다. 그러나 교생들도 마음이 편한 것만은 아니다. 수업 준비도 해야 하고 매일 기록해야 하는 '실습일지(實習日誌)'도 있다. 더군다나 담당교사에게 업무처리 방법도 배워야 하고 학급 경영 방법도 배워야 하니 시간이 넉넉한 편은 아니다. 그럼에도 수시로 찾아오는 학생들을 상대해야 한다.

사람마다 향기가 다르듯 교생도 하는 모습들이 다르다. 우리 반에 왔던 교생은 남다른 모습을 보여줬다. 학생들에 대한 열정이 대단했고 학생들과 잘 어울렸다. 특히, 격의 없이 대하는 그녀의 모습에서 학생들은 희열을 느끼는 것 같았다.

그녀는 점심과 저녁 식사시간에 배식을 매일 하다시피 했다. 나도 가끔은 배식을 하긴 하지만 그렇게 자주 하지 못했다. 4교시가 비어 있으면 먼저 식사를 끝내고 학생들의 배식을 도울 수 있지만 일이 바쁘다거나 4교시 수업이 있으면 배식에 참여할 수가 없다. 그러나 교생은 특별한 일이 없으면 배식을 함께 할 수 있는 시간적 여유가 있었다.

그리고 그녀는 야간 자율학습 시간에도 함께 했다. 대부분의 교생들이 퇴근한 후에도 자율학습이 어떻게 진행되는 지 알아보고 싶다며 가끔 학생들과 함께 늦은 시각까지 교실에 남아 책을 보고 쉬는 시간에 이야기를 나누곤 했다.

그런 열정은 우리 반 홈페이지까지 영향을 미쳤다. 홈페이지에 그녀에 대한 궁금증을 일으키는 질문들이 쏟아졌고 그녀는 흔쾌히 100문 100답에 성실히 응해 주었다. 학생들과 함께 하려는 그녀의 노력 때문이었을까? 학생들은 그녀에게 푹 빠져 있었다.

그녀가 4주의 교생실습 기간을 마치는 날이 다가왔다. 학생들은 하루 전부터 송별회를 어떻게 할 것인지 담임인 나에게 물어왔다. 반장 · 부반장에게 윤곽만 일러주고 나는 뒷전에 머물러 있기로 했다.

송별회가 있는 토요일. 이웃반에서는 간단하게 교생

의 인사가 끝나고 학급 학생들의 박수가 들리고는 조용히 끝나는 것 같았는데 우리 반 녀석들은 달랐다. 영래가 주동이 되어서 수화를 준비하고 보영이의 반주에 맞춰 노래를 부르는 모습을 복도에서 지켜볼 수 있었다. 아이들은 노래를 부르면서 모두 눈물을 흘리고 있었다. 이보다 더 감동스러운 장면은 없을 듯 싶었다.

그녀는 학생들 사이를 돌아다니며 한 사람 한 사람 일일이 손을 잡고 뭔가를 이야기 하자 학생들은 손을 부여잡고 고개를 끄덕이고 있었다. 잠깐 스쳐가는 바람 같은 교생이지만 아이들에게 미치는 영향은 대단하다는 생각을 했다. 학생들이 준비한 초코파이 케이크에 불이 켜지고 불을 끄는 그녀도 눈물을 흘리고 있었다.

노래가 끝난 학생들 중에 한 학생이 나와 플룻을 연주하고 또 한 학생이 바이올린을 연주한 후에 그녀를 환송했다. 그녀는 교실을 나와 복도에서도 현관을 빠져나가면서까지 아이들의 손을 잡고 이런저런 얘길 나누고 있었다. 내가 끼어들어 그녀의 노고를 치하하고 아쉬움을 얘기할 기회조차 주지 않았다.

그렇게 떠난 그녀는 그 후로도 몇 번 학교를 더 방문했다. 손수 준비한 샌드위치를 들고 찾아온 어느 날은 학생들이 다시금 그녀의 훈김으로 따뜻해졌다. 사람의 훈김은 어느 순간에 과거의 모든 정을 함께 가져오는 듯했다.

나도 교생실습을 한 날들이 있었다. 그러나 남자고등학교였기에 우리 학생들이 보여준 그런 따뜻함은 느끼지 못했다. 담담하게 학생들을 가르치고 업무를 처리하고, 그렇게 교생기간을 마쳤던 기억이 있다.

교생은 학생들에게 산뜻한 봄바람이다. 그들이 오면 학교는 바빠진다. 그러나 학생들은 술렁댄다. 그들에 대한 호기심 때문이다. 잠깐 왔다 가는 교생이지만 학생들에게 미치는 영향은 적지 않다. 교생은 그렇게 학생들과 함께 또다른 '선생님'의 의미로 남아 있다.